餘命 99 天的我，
遇到了看得見死亡的妳

森田碧

目錄

生與死

「你想知道，自己何時會死嗎？」

午休時間我在教室裡看書，突如其來聽到這樣一句話。儘管也可以當作耳邊風，但我還是不自覺地分神去聽。倒不是因為手上的書很無聊，而是我多少有點興趣。

正在聊這話題的，是我的四個同班同學。原本我預測回答不想知道的傢伙應該會比較多，不過意外的是正反兩邊的意見分別各占一半。

他們各自的說法是這樣的：

「如果知道自己什麼時候死的話，就可以有計畫的活下去吧？像是還需要多少錢過活、剩下的時間可以用來幹什麼之類的，可以讓我不會活得沒有意義。所以我會想要知道自己何時會死。」

這番話讓我覺得滿能認同的。

「不，我一點都不想知道。我不想每天擔驚受怕的活著，而且我覺得不知道的人比較能夠享受人生。如果事先就知道的話，我可能會從得知死期的那瞬間起就活得很隨便了。」

另一邊的意見也挺有說服力，讓我微微點頭。

「如果先知道的話就可以跟朋友和家人正式道別，也可以收拾整理身邊的東西，進行各式各樣的死前準備啊。」

「這樣的話可以事先寫好遺書，讓自己什麼時候死都沒關係，而且經常讓自己身邊保持乾淨整潔不就好了？」

「想知道派」跟「不想知道派」的意見分歧，不管是哪一派的主張都有其道理，讓我不自覺地放下書本，專心傾聽他們的對話。

「喂，新太你覺得呢？」

兒時玩伴野崎和也將話題拋過來，我回了一個曖昧的答案：「……我其實，不管是哪一邊都可以耶」，被他吐槽一句：「什麼鬼啊」。因為問到我算是徵求第五個人的意見，或許我應該要去贊同某一邊才對吧。

可能是因為察覺到對話沒有進展的關係，他們沒再繼續談論這件事，而是乾脆將話題轉到自己喜歡的偶像去了。

回家之後，我躺在床上思考，知道或是不知道自己什麼時候死，到底哪一邊比較幸福呢？

不管我反覆思考了多少遍，還是沒有答案。

我得知這個問題的答案，是一年以後的事。

那是我升上高中之後的第一個暑假。

在第二學期開始的前三天，悲劇發生了。

我去洗手間打算洗把臉，結果一看鏡子，就發現頭上突然冒出了數字。

黑色的數字『99』，以宛如火焰一樣詭異且令人毛骨悚然的姿態緩緩搖動。

似乎有訊息傳到手機，我被訊息的通知聲吵醒。連續好幾次的聲響，對才剛起床的耳朵而言，無異是一種折磨。

我揉了揉惺忪的睡眼，睜開一隻眼睛看螢幕。

『喂～～！暑假已經結束囉～～！』

在來自和也的訊息之後，又有大量貼圖傳送過來。全部一樣，都是一隻大叫著『喂～～』的貓熊貼圖。

我稍微遲疑一下以後輸入回應：『我差不多要走囉』。

回覆訊息馬上來了。

『這種話，昨天跟前天你都講過了吧？話說回來，文藝社有新社員加入了。這樣一來應該就不會廢社啦。』

我覺得有點煩，於是在訊息跳出已讀狀態後便關掉了螢幕。

把被單蓋到頭上，我試著睡回籠覺，可卻一直睡不著，不得已只好站起身來，打了一個大大的呵欠後將視線投向月曆，搜尋今天是幾日星期幾。

九月七日，星期三，暑假結束之後已經過了一個禮拜。

班上同學一定覺得我是暑假過太爽連學校都不來，於是就把我當白癡耍著玩。的確假期結束讓我沒什麼幹勁，但我從來沒有用那種理由不去學校。畢竟暑假作業早就完成，就連第二學期的課程都預習過了。所以，我是絕對不會因為一點無聊小事就拒絕上學的。

我一面嘆氣一面離開房間，走向浴室。

隨手潑了幾次水到臉上後，我怔怔地看著鏡中那個不起眼的人。

黑色的『90』數字就在那人的頭頂晃動，好似點在蠟燭上的火光一樣。

不管怎麼搖頭都不會消失，連抓也抓不到。而如此這般的數字代表的意義是什麼，我十分清楚。

這數字其實顯示著『生命的期限』。我是在國小二年級時，察覺到這件事的。

那一天，我在下課時間跟校長在走廊上擦身而過。我的眼睛一直盯著他頭上的數字不放，連招呼都忘了打。那個數字一天又一天的減少，直到變成『0』當天，校長就在全校朝會上突然倒下。當下我們並不知道詳細情況，不過事後聽說，他是因腦部疾病而猝死的。

從那時起我就頻繁目擊到數字。包括走在街上暴斃的人、在我國小五年級時死去的爸爸、以及在我國中時因意外事故過世的兒時玩伴夏川明梨。就算我不喜歡，也會被迫察覺到那數字代表著什麼意義。

而在升上高中後的第一個暑假結束前三天，我一直在害怕的事情終於發生了。

雖然偶有例外，但通常來說，死亡的倒數計時會從『99』開始。出現在我頭上的數字也一樣，就是這個數值。

主角看得見人類壽命的故事，我曾經在電影上看過也在小說中讀過。或者應該說我就是先一步尋找並逐一瀏覽過類似的題材，在看完之後才放下心來。由於大致上這類故事的設定都是看不見自己的壽命，因此我就大意了，以為自己一定也是這樣。

然而現實卻辛辣且毫不留情。知曉自己大限將至的事實，將我打擊得體無完膚，有整整三天都躺著不想動，食慾也幾近全無。

我回想起一年前跟同班同學聊過的話題。

「你想知道，自己何時會死嗎？」

現在的我就能馬上回答。我會加入他們的對話，並主動斷言。

「絕對是不知道比較好。」

經由看得見壽命這件事，我深刻理解到不知自己何時會死比較幸福。

我又看了眼鏡中的自己。三個月之後大概就會死的我相當憔悴，一副等下就會被蒙主寵召的模樣。突然洗手間門開了，我反射性回頭張望。

「新太，你起來了嗎？該不會你想去上學了？」

媽媽瞪大眼睛問著我。自從爸爸因事故而離開人世之後，這個家就是我跟媽媽還有外婆三個人住。因為外婆幾個月以前生病住院的關係，目前暫時就是我跟媽媽兩人住在一起。

「嗯，我差不多要走啦。」

「是嗎？早餐已經做好囉。」

媽媽微笑著將門關上。

因為只剩下三個月可以活，所以我原本認為沒有必要去學校。可是就算在家也很無聊，更重要的是我不想讓媽媽擔心。

我連早餐也沒怎麼吃，把白色的制服襯衫換穿上去便走出門外。當我在玄關伸手推動一個禮拜沒碰的大門時，感覺特別沉重。我在耀眼的太陽下瞇起眼睛騎坐在自行車上；不僅僅是玄關大門而已，連踏板都是沉重的。

從自己家出發騎上十分鐘左右就看得到鐵路車站，搭上從那站出發的電車晃過十五分鐘，再徒步走差不多十分鐘便能抵達學校，這就是我的上學路線。

國三那年冬天那段熬夜努力拚升學考試的日子，如今看來實在蠢透了。那段充滿痛苦的時光，於得知死期將至之時，便已完全失去了意義。

我到站後就把自行車停在停車場。正當我為了將生鏽的鎖頭上鎖而苦戰時，背後冒出一句快活的人聲。

「喔！新太！你終於出現了啊！」

一聽就知道是和也的聲音。就算不回頭看，腦中也能浮現出他那散漫的笑臉。

喀嚓一聲，我終於將鎖上好，並把放在置物籃裡的書包背在肩上，轉身向後。

瞬間，我的思考停止了。

「你說你感冒了，不過絕對是裝的吧？新太不是那種會感冒的人啊。」

和也的話，沒有傳到我的耳朵裡。我驚愕到身體僵住，連一步也動彈不得。

「怎麼啦，新太，臉色那麼嚇人。」

他以不可思議的神情盯著我看，我勉強用顫抖的聲音擠出一句「沒什麼」。我的視線，緊盯在他的頭頂上；就是他那頭據說是參考雜誌男模剪出來的慵懶捲髮稍微上面一點的位置。

浮現在那裡的，是數字『85』。

我不記得自己在電車中跟和也說了些什麼。為什麼和也會死呢？他的死因是什麼呢？八十五天以後會發生什麼事呢？腦中充滿了各式各樣的疑問。身邊親人頭上冒出數字的夢境，到目前為止我已經作到不想再作了。每次醒來都會讓我汗流浹背，疲累不堪。

可是這次不是夢，是現實沒錯。雖然我很不願意相信，但和也在數字出現的時間點就確定會死了。

我一面想東想西一面走，等注意到的時候已經在爬學校樓梯了。我一路爬上一年級所在的四樓，走到二班的教室。

我以不引人注目的姿態靜靜地從後門進入教室。順帶一提，我跟和也同班，怕生的我在第一學期結束時依然沒交到任何一個朋友。和也雖然針對這點提醒過我，自己也覺得從第二學期起該稍微敞開心胸比較好，可如今已經沒有這個必要了。因為我只能再活三個月，也不是適合交新朋友的情況。乾脆就把這個「在教室一角只顧讀閒書的陰暗男生」的人設貫徹到底，平平安安把這三個月過完吧。

因為第二學期一開始沒多久好像就換過座位，於是我先問過和也位子並過去坐好。是正中央這一列的最後一個位子。

儘管班上同學時不時地會瞥我幾眼，不過我依舊不為所動，只自顧自地從書包裡拿出文庫版書本並翻開。言外之意就是：誰都不要來找我講話。

前方傳來「啊哈哈」的笑聲。聲音是由四個男同學所組成的小團體發出的，和也就身在其中。溝通能力頗強的他，已是這個班上的核心人物。和也正一邊搖晃著頭頂上的數字，一邊笑得十分開心。我看著眼前的光景，嘆了口氣。

果然我還是無法相信他會比我早五天死。應該是有什麼地方出錯了吧？

我將視線從搖晃的數字移到文庫版書本上，用眼睛逐字閱讀文章。然而我完全讀不進去，一直在同一個段落反覆打轉。

這一天的我，不管是上課還是下課時間，都一直用讀閒書的方式度過，只是書的內容自始至終都進不了腦裡罷了。

放學後，和也可能因為有事的關係很快就回去。我則慢吞吞的將教科書跟筆記本塞進書包裡，沒跟任何人互相道別就離開教室。

回到家進到自己房間後，我把整個人埋進床中，臉埋到枕頭裡，雙腳則上下擺動。

儘管腦中瞬間閃過頭上浮現數字的和也身影，可在我用「因為這是和也的命運，所以也是沒辦法的事」說服自己後，動搖的內心便鎮靜下來。因為我的死也是命運，所以一樣是沒辦法的事。命運——我覺得這個詞真方便。雖說只有暫時性有效，但用這個詞就能讓人暫且認可現狀，還滿不可思議的。

我將曾自我內部交戰多次的議論，於內心中再度啟動。

該不該去告知對方死期正不斷逼近呢？到目前為止，我沒對任何人說過自己擁有看得見這種事的力量。實話實說的話，別人想必會覺得我很噁心，而且說到底，也沒人會信吧？

當我宣告「那個人會死喔」，而事實上也真的會那樣的時候，周圍的人會怎麼想呢？一定會覺得我很可怕，刻意躲我，就算把我想成死神也不奇怪。世上有些事還是不知道比較好。不對，不如說不知道比較好的事情才是多數，比如人的壽命就是其中之一。

還是繼續保持沉默吧。

自從看得見人命期限以後，我已經反覆進行過好幾次這樣的自問自答，不過即使對象是自己的好友，最終的結論依舊沒變。

第二天一早，我在掛在房間牆上的月曆上面做記號。

我翻到了十二月那一頁，在一日上面畫一個圈，那一天是野崎和也的忌日。六日上面也已經有記號了。不用說，十二月六日是我死的日子。

六日以後的每一天，全都畫上大大的叉叉。這是我在十天前看到自己的壽命之後，自暴自棄做出來的行為。

我把油性筆放在桌上，離開房間。

心不在焉地把早餐塞進胃裡後，今天的我依舊騎上自行車前往鐵路車站。

在路上看到前面有一群小學生，原本以為他們四個人正相親相愛一同去學校，不過其中有個孩子一個人提著四個書包，走得很不穩。其他三個人則沒理會他，繼續向前走。拿書包的少年用棒球帽遮住眼睛，低著頭辛苦的走著。

我騎過了少年身邊。即便這恐怕就是霸凌，但跟我沒有關係。我在心中對他說了一句「加油啊少年」，就加速踩著自行車離去。

跟昨天一樣，我在鐵路車站的停車場與頭上數字已經減掉一的和也會合，然後搭上電車前往學校。

「今天放學以後，有社團活動喔。」

電車一開動，抓著吊環的和也就開口說話。

「就算說是社團活動，也不過就是讀書罷了。」

我讓手臂順著慣性搭在吊環上，這麼對他吐槽。我們參加的文藝社，平常的活動只是隨興進行雜談或讀書而已。社員只有我們兩個人，社團指導老師說如果今年之內若無法再多一個社員就要廢社；不過大約三個月後兩個社員都會死，所以廢社大概是無法避免的結局。

「呃，其實我最近又開始寫東西了。」

「寫小說嗎？」

「嗯，對。」

和也令人意外的興趣之一是寫小說。他似乎並不滿足於純閱讀，又或許是在閱讀中得到了些許靈感，所以自國中時便開始創作。我讀過他寫的小說好幾次，內容還算有趣，文筆也相當穩健。國中三年級的時候，他甚至還在短篇小說競賽中得過獎項。和也儘管表面上看起來有點輕浮，不過實際上的他，其實有著靜謐且知性的一面。

「記得你好像說過：『我沒有才能所以就不寫了』。」

「我最近發現，如果沒有才能的話，只要用努力把沒有的那個部分彌補回來就好。」

「哦，這想法滿有你的風格。」

「對吧？」

和也高聲大笑。我回想起他在國中的畢業文集裡，曾經豪邁的寫下「我要成為小說家」。一想到這樣的夢想已無實現之日，我便為他感到有點不甘心。

他在國中時，曾經是足球社的社員；在一年級的時候就穩占正式球員的位子，穿上十號的主將號碼球衣。原本以為和也在高中也會加入足球社，可他卻創立了文藝社。雖然要說意外也是很意外，不過一想到他還在打從以前就視為夢想的小說家之路上持續前進，就對他的行動力感到讚嘆。

「社團活動，還是不去了吧。」

儘管對他的熱情潑冷水很過意不去，不過我還是這麼低聲碎念。對於一個再過三個月就要死的人來說，社團活動之類的事根本沒有意義。這點在和也身上也說得通。

「為什麼？我跟新社員兩個人在一起會有點尷尬，所以你就過來吧。好不容易可以不用廢社，你不來的話不就沒意義了？」

這麼說來，感覺昨天好像有用手機聊過這件事的樣子。因為我沒有特別在意，所以完全忘了。

「不會怕生的和也會講這種話好稀奇啊。你說的新社員，是怎樣的人？」

「是五班的黑瀨。怎麼說，是個搞不太懂的傢伙啊。」

和也以明確的口氣這麼描述。既然連堪稱交際達人的和也都這麼講，那大概就真的是個難懂的傢伙了吧？因為我連自己的同班同學名字都還沒記全，當然也不知道別班學生誰是誰。

在這之後，和也以一如往常的開朗神態滔滔不絕的說話。因為我不想看到的數字一直映入眼中，所以我將視線投向窗外。在我隨口附和他的話題時，電車也抵達離高中最近的鐵路車站了。

這一天，我也在上課時看閒書。我在讀的，是一本預計在明年春天改編成電影的懸疑小說，開頭寫得相當引人入勝，我一看就著迷不已，一口氣讀到第三節課時就讀完了。亢奮的情緒還未冷靜下來，鐘聲便已響起，等到第四節課開始時，我依舊沉浸在亢奮的餘韻裡，遲遲沒打算翻下一本小說。

雖然這是一本會令人期待電影改編的作品，不過我的春天已不會再到來。而且別說春天，我甚至連過冬都辦不到。沒有什麼事比無法看到這本小說的電影版還要令我不甘心的了。

我就在這樣的狀態下上完所有課程，一放學就跟和也走向社團教室。

我們上的這所高中校舍除本館之外，還分別設有北館與南館，文藝社的社團教室就在最遠的南館三樓。南館與本館之間並未連通，如果不先走到室外就去不成，這點非常麻煩。

我跟和也邊走邊閒扯，來到社團教室前面。隔壁是攝影社，再隔壁是超自然研究社。走廊特別安靜，只隱約聽得見應該是輕音樂社的吉他聲自遠方傳來。

社團教室裡的正中央放置了六張桌子，深處則滿滿都是書架。這裡並沒有另外一位社員黑瀨的身影。和也一坐到椅子上，就從書包裡拿出小型的筆記型電腦並開機。

「你要寫小說嗎？」

「嗯，我想參加下下個月截稿的新人獎。」

我從書架上隨手拿了本書，在和也的斜對面坐下。

「什麼樣的故事？」

「一位打算靠自殺結束生命的主角，有一天受到餘命宣告。他高興的心想：什麼嘛，原來我不需要自己動手就可以死了。故事就從這個地方開始。」

和也面對螢幕，在輸入文字的同時一口氣把這段話說完。

「然後呢？主角最後會怎樣？」

「我還沒決定。」

「你還沒決定？這種事不是要全部決定好才開始寫嗎？」

以前曾聽和也提到過，在寫小說以前得先擬一份名叫大綱、有點像故事設計圖的東西。他說如果沒有那東西，故事就會在寫到一半的時候出現破綻。只見他一面搔著頭一面說：

「一般來說是這樣沒錯，可是因為距離截稿沒多少時間了，所以我要一面寫一面想。」

「是喔，好像很麻煩。」

「確實。」

之後和也就不再出聲說話，繼續默默動著手指。我則開始閱讀手上拿的小說。社團教室裡，只有翻頁聲跟和也敲打鍵盤的聲音。

幾分鐘後，社團教室的門像是要打斷這令人舒暢的聲音一樣打開了。站在那裡的是一名長髮女學生，身材跟線條一般細瘦，從方格條紋裙子延伸出來的修長白腿相當醒目，那對會讓人聯想到貓的吊梢大眼吸引了我的注意力。

「抱歉……這裡是文藝社。」

我對一望向我就僵住不動的她出聲如此說。

沉默幾秒鐘以後，她只回了一句「我知道」便在最角落的位子上坐下。

「啊啊，她是新進社員黑瀨。然後，這位是我的同班同學兼兒時玩伴新太。」

和也在察覺到我的視線之後，把我們兩人放在同一句話裡簡略介紹。由於我一直以為黑瀨這號人物是男的，因此感到相當困惑。

黑瀨和我對上眼後輕輕點頭，說：「我是黑瀨舞，請多指教」。

「我是望月新太，請多指教。」

在我隨口自我介紹過後，她從書包裡拿出一本上面用書店特製封套包好的書並開始閱讀。

我們三個人從這時候開始，就各自默默的做自己想做的事。和也面對電腦，我跟黑瀨在看書。這段時間意外的舒暢，感覺不壞。

「不行了，今天寫不下去了。」

和也打破漫長的沉默。他將電腦關機之後，整個人突然趴到桌上大睡特睡。黑瀨則似乎把這動作視為某種信號，她闔上書本並起身站立，說：

「我今天要回去了。」

「啊啊，呃……辛苦了。」

她在離開社團教室的前一刻，回頭用那對貓一般的眼睛看著我跟和也。那對宛如能看透人內心深處的瞳眸，讓我心驚了一下。

她就這麼一言不發的離去。就跟和也說的一樣，真的是個令人搞不太懂的傢伙。

這個禮拜的星期六，我哪裡都沒有去，一直宅在家裡玩電視遊戲。

「還有八十七天啊……」

我一面將出現在電視上的怪物驅逐，一面喃喃透露自己的心聲。剩下三個月不到，繼續這樣虛耗下去好嗎？我一面操作搖桿一面如此思考。然而，只有三個月又能做什麼呢？我覺得跟以往一樣平凡的活過每一天，假日就盡情睡懶覺，然後很乾脆的為人生閉幕應該是最好了。本來也就這麼過日子，沒必要勉強去做些什麼吧？我下了這樣的結論。

我中斷遊戲仰躺在床上，一直呆望著純白色的天花板。

人，到底是為了什麼而活？大家生存的意義又是什麼？

自從我看得見人的大限以後，無謂地想這些沒有答案的問題的次數就增加了。而如今我連自己的壽命都看得見，想得就更深了。不管我怎麼試著去動腦筋思考，我也明白根本不可能找得到解答；即使這樣，我還是忍不住會去想。

和也會怎麼想呢？他可能會說出自己是為了寫小說、為了成為小說家而活之類的答案，我也能想像出他這麼說的樣子。新進社員黑瀨會怎麼想呢？因為我還不太瞭解她，所以我擅自認定她的人生目標大概是想吃好吃的東西，接著中斷思考。

我看著窗外太陽逐漸西沉的天空，嘆了口氣。今天又是一事無成的一日。在天色變暗了之後，我無力的將窗簾拉上。

一個禮拜過完之後的星期一，我頭上的數字變成『85』。看著雖然緩慢、但確實逐漸減少的數字，我為自己的內心可能用不了多久就會崩潰感到不安。我決定儘量不去看鏡子，並走出家門。

在前往鐵路車站的途中，我看到那個拎著書包的少年今天還是被要求得拿四個書包。

我不自覺握住了剎車。並不是因為快要撞到他，而是我在少年所戴的棒球帽上方看到了搖晃的數字。

可能是被我的緊急剎車聲嚇到了吧，少年失去平衡一屁股坐到地上。

我無法窺視隱藏在棒球帽底下的表情。沒多久少年就以緩慢的動作起身站立，將掉在地上的書包拿起來並再度踏出步伐。

他搖晃著數字『97』，一步一步前進。

為霸凌所苦而自殺，大概就是那麼回事。聽說小學生的自殺事件也逐年增加，但跟我沒有關係。我沒辦法連自己死後才會發生的事情都要一個一個去在意。

我再度踩下踏板追過少年，前往鐵路車站。

「嗨新太，昨天我忘了設定鬧鐘，不過我還是在平常起床的時間準時醒來，真幸運。」

在鐵路車站的停車場，搖晃著『80』數字的和也展露笑容這麼說。我很羨慕什麼都不知道的和也，但我更覺得他可憐。

「你真厲害。如果是我，絕對起不來。」

我隨口回應，並將自行車上鎖。幸好塗上了防鏽劑，今天鎖起來很順。

看著和也的數字，不知為何就有股罪惡感湧上心頭，內心不斷抽痛。我將視線從他的頭上移開，走進車站大樓。

自從看得見人的壽元以後，有件事我已經想了很多次。假設是因病而死，通常也來不及防範。可若是因意外事故死亡或自殺而死的話，是否可以藉由我的行動防患於未然呢？

不過，怕就怕在即便真的阻止了，伴隨而來的代價更可怕。

以前看過的電影中，如果救了一個本來命中註定要死的人，就會有別的誰像是被抓交替一樣的死去，或者是有災難降臨到救人者自己身上，總之會發生一些不好的事。害怕這件事的我，至今也幾乎沒有想過要去救那些餘命無多的人。

不對，其實在國中二年級的時候，雖說是偶然，但我確實救過人一次。正如我所料，自己也因改變別人命運的關係遭遇不幸。

秋天晴朗的星期六，我剛去過便利商店，在回家路上不自覺的望向公園。那裡有兩個國小低年級的少年，正在互相傳接棒球。

我注意到其中一位少年頭上的數字是『0』。那個數字晃動得相當激烈，彷彿生命之火即將燃燒殆盡。

我停下腳步，觀察了一段時間。

沒多久棒球就滾到道路上，而『0』的少年則追了過去。一輛明顯超速的卡車則從前方逼近過來。

下個瞬間，我明白會發生什麼事。接下來要發生的悲劇以鮮明的影像顯現在我的腦海中。我的身體下意識有了動作，伸腳拐到少年的腿讓對方絆倒。卡車迅速駛去，聲響逐漸遠離；少年頭上的數字，乾乾淨淨的消失了。

我成功救下了那男孩。儘管感覺不太真實，可我剛才確實改變了某人的命運。我覺得自己排除萬難，幹了一件非常厲害的事，心情相當開朗。

然而我的擔憂是對的，災難降臨到我頭上來了。

「你對我家的孩子做什麼！」

隨著一聲怒吼，我被重重打了一巴掌。接著又被憤怒的少年母親進一步撞倒，一屁股坐在地上。

少年摔倒的時候，手臂骨折了；下巴受到撕裂傷，縫了好幾針。

我救了少年的命，原本應該是會被稱讚、甚至可以要求報答的行為才對。可我卻被追究責任、被大聲責罵、還被侮辱。

救了少年一命的事實受到抹滅，留下來的只有我故意絆倒少年、讓對方受重傷的結果。

雖然媽媽付了錢和解，讓事態沒有更嚴重，但在我內心當中，那道無法消除的傷痕如今依然殘存。平常從不生氣的媽媽也斥責了我，我只好躲在自己房間裡一個人哭泣。

從那時開始，我就停止關心人的生死。所以不管是跟和也的死有關的事，或者是如何避免我自己的死，我都不打算採取什麼動作。

老實說，當頭上浮現數字後，我第一個冒出的想法就是不想死。畢竟誰都會理所當然的這麼想，而且如果可以，我也打算救下和也。然而過去的經歷，讓我遲疑了起來。更何況至今為止，由於覺得跟己無關，我早就對許多人見死不救過了，如果到現在，我還一心想著只要自己沒事就好的話，那就太卑鄙了。因此我把活下去的想法收進內心深處，決定接受殘酷的命運。

這日我也是用讀閒書來度過一整天，一放學就跟和也一起走向社團教室。和也說他哥哥會在房間裡把音樂開得超大聲，讓他待在家裡也無法專心寫作。

「今天好像也寫不太下去。果然，我就是沒辦法寫長篇。」

和也一進到社團教室就立刻開啟筆記型電腦，但才過幾分鐘就說喪氣話了。

「你到目前為止都沒寫過長篇小說嗎？」

「沒啊。我只寫過短篇小說，應該說我只會寫短篇。」

「是喔。果然長篇就是有難度。」

「也是有人覺得短篇比較難啦，所以很難講。」

我除了回一句「是喔」，也無話可說。對於只讀不寫的我來說，這可能是一輩子都無法理解的煩惱吧。

正當我看著從書架上隨手拿下來的文庫版書本時，門「咔嚓」一聲打開了。開門的人是黑瀨。她一言不發地坐在跟上回一樣的角落位子上，從書包裡拿出一本用特製封套包好的書，開始閱讀。

和也在寫小說，我跟黑瀨在讀書。在這個令人感到不可思議的房間裡，時間的流速似乎正逐漸變慢。隔著一張桌子坐在最裡面的黑瀨在讀哪種書呢？我感到好奇。

「黑瀨同學在看什麼書呢？」

黑瀨的肩膀大大抖了一下，可能是因為突然有人出聲嚇到她了吧？她先用食指代替書籤夾進書中，再將封面朝下闔上書本，彷彿在遮掩什麼。

「呃，是一般的小說。」

「類型是？」

「該怎麼說……算懸疑類的？」

舉動有些可疑的黑瀨如此回答。或許是女孩子不太會去讀的暴力血腥類型吧。

「看妳慌成那樣，該不會是色情小說？」

和也停下了他敲打鍵盤的手，插嘴說道。

「那種東西，我不可能會在學校看吧！」

黑瀨瞪著和也提出反駁。雖然我心想如果不在學校的話妳就會看了嗎，但沒有問出來。

「總覺得今天沒有心情寫耶。新太，要去K歌嗎？」

「嗯，好啊。」

「很好！那我們走吧。」

和也蓋下筆記型電腦並站起身。為了確認黑瀨的意願，我不抱希望問了一句：「黑瀨同學有什麼打算？」

「……我也可以去嗎？」

她回了一句我意料之外的話。本來以為黑瀨一定會拒絕，但她卻用閃閃發光的眼神一直看著我。

「當、當然。那麼，就我們三個人去吧。」

我們離開社團教室，前往ＫＴＶ。正如和也的印象，黑瀨果然是個令人猜不透的傢伙。

我們一抵達位於鐵路車站前的ＫＴＶ，和也就馬上抓住麥克風，痛快且真情流露的唱著流行歌曲。他頭上的數字也配合歌曲激烈搖晃。

「和也的歌聲，很好聽呢。」

在和也唱第二首歌到一半的時候，黑瀨以佩服的語氣說。

「嗯，黑瀨同學要唱什麼？」

我把觸控面板式的遙控點歌器遞過去，不過她搖了搖頭，說：

「我沒關係。還有，你叫我的時候可以不用多加『同學』。」

「我知道了。」

我跟和也輪流唱歌。話是這麼說，不過實際上唱歌的人幾乎都是和也。黑瀨則只喝她點的哈密瓜汽水並在一旁靜觀。可能是因為累積了不少壓力的關係，和也點的都是卡路里消耗量高的歌曲，狂唱了超過一個半小時以後才緩了下來。

「黑瀨為什麼會加入文藝社？是因為喜歡書？」

結帳過後和也就去洗手間，所以我為了打發時間試著問了一下。坦白說，我對這問題的答案並沒有多大的興趣。

「呃……因為我有點在意。」

「在意什麼？」

正當黑瀨要開口的時候，和也回來了。

「好啦，回去吧。」

可能是因為熱唱過了或是上過洗手間的關係，和也以清爽的表情這麼說。結果，我沒有把黑瀨的回答聽到最後。

「我們是往這邊，拜啦黑瀨。」

我跟和也走向車站大樓，黑瀨則因騎自行車通學的關係，跟我們在鐵路車站前道別。

「抱歉……」

聽到微弱聲音的我轉頭回望。和也則可能沒聽見，他已經走進車站大樓了。

「怎麼了？」

似乎已經到了回家的尖峰時間，除了我跟黑瀨以外的大批人群被鐵路車站吸了進去。

黑瀨開口像講了些話，但在人來人往的干擾下沒辦法聽見。

「妳剛才說什麼？」

黑瀨將頭低下，左右搖動，似乎又講了一句話，可她就這麼騎上自行車，駛離現場。

看著她的舉動，我大概明白她想說什麼了。黑瀨一定喜歡和也。畢竟她說過很在意之類的話，應該是追和也追到加入文藝社了吧？和也從以前就很受異性歡迎，或許她是有一些問題想問跟他交情不錯的我也說不定。

我在看不到黑瀨的身影之後，才衝進車站裡去追先走一步的和也。儘管想過要不要跟他提黑瀨的事，但總感覺有些不太識趣，因此我只默默地站在等電車的和也旁邊。

回家以後，我上人力銀行網站瀏覽。留給我的時間不到三個月，重新思考過該做什麼事情度過這段日子之後，最後的結論是好歹也要盡點孝道。雖然不知道能不能當成我的代替品，不過我決定要養一隻小狗。

因為我回想起前幾天看電視上的動物節目時，媽媽曾經這麼自言自語過：「好想要一隻小狗呀」。只要工作兩個月再加上我的存款，就算買了狗還可以找點錢回來，剩下的錢還能貼補我的喪葬費。仔細想想，我完全沒孝順過媽媽，最後孝順過她再死也不壞。我躺在床上一面尋找徵才資訊，一面想著這樣的事。

「我回來了～」

我聽到媽媽疲累到極點的聲音從樓下傳來。媽媽從事長期照護工作，週末還兼差在家庭餐廳上班。因為我家經濟狀況不是很好，所以原本我打算高中畢業後就去工作，但媽媽勸我要上大學。為了賺我的學費，媽媽從來不敢休息，持續工作。只要再不到三個月，媽媽就應該可以得到解放、輕鬆下來了。我想我果然是個該死的人。

「妳回來啦。這陣子我想去打工，可以嗎？」

我走到樓下踏進客廳，對正要開始準備晚餐的媽媽如此問道。

「打工？怎麼啦？這麼突然。」

「因為學校上完課以後，我還滿閒的。」

「是哦。算了，也沒什麼不好呀？」

媽媽一面說話一面將洋蔥切細。

「謝謝。下個月開始我就不拿零用錢了。」

「嗯，知道囉。」

有一種完成一件事的心情了。我沒回自己房間，就坐在客廳的沙發上，一邊跟媽媽聊天一邊等晚餐煮好。

上次像這樣子跟媽媽閒聊，似乎是相當久以前的事了。

三天後，我因下雨的關係改坐公車前往鐵路車站。映照在車窗上的數字已經是『82』了。那個被大家逼著拿書包的少年身影就在窗外，頭上的數字讓我很快就察覺是他。今天他身穿雨衣，踽踽獨行。我將視線從那抹虛弱且精疲力盡的身影上移開，往公車的行進方向凝視。

到鐵路車站後，我跟和也會合了。

一走到月台，和也就說了一句「喔，在這裡在這裡」，並展露笑容。

「早安，話說好久不見。」

和也出聲說話的對象，是別校的女學生。她的髮型好像是叫鮑伯短髮，容貌端正，簡而言之就是所謂的美少女。嬌小卻看起來成熟的她似乎是和也的菜，印象中春天那時和也就常主動出聲跟她搭話，如今已經是可以輕鬆聊天的關係了。和也一如既往的行動力，倒是挺值得我學習。

其實我以前聽過她的名字，不過現在早就忘了。由於她只會在雨天現身，因此我就擅自稱呼她為「雨妹」。

為了不打擾和也的戀愛之路，為他著想的我便在月台上挑了一張稍微遠一點的長椅坐下。

電車來了以後，和也跟她一面親密地聊天一面上車。雖然是這麼說，但其實都是和也單方面先出聲說話，不過雨妹也沒有表現出困擾的樣子，基本上都是專心地把話聽完再回答。

我遠遠望著月台外不斷靜靜降下的雨景，看膩了就再把視線移到和也身上。

和也一邊搖動頭上的數字，一邊開心的比手畫腳跟雨妹談笑。那絕對無法修得正果、戀愛腦上身的模樣，讓我無法直視。

「今天我也要去社團教室，新太有什麼打算？」

所有的課程結束後，我正準備要回去，和也出聲對我說話。

「今天我有事，就不去了。」

「是嗎，我知道了。」

和也把裡頭應該放了筆記型電腦的書包背在肩上，離開教室。

下午五點半我有一場打工的面試。我把教科書跟筆記本塞進書包裡，一離開教室就衝向校舍門口。

因為雨已經停了，所以我先回家再騎自行車前往打工地點。

職業是我覺得應該最不困難的便利商店店員。由於有認識的人過來的話會很討厭，因此我挑了一間離家騎自行車需要半小時左右車程的商店。

離開家門後時間還很充裕，最終我提早十五分鐘抵達，騎著自行車在便利商店的周圍不斷轉悠，並在腦中進行面試的預習。

如果問我工作動機，就回答因為我喜歡便利商店；如果問我優點，就回答我的忍耐力比一般人強一倍；如果問我缺點，就回答我很容易停損止血。

對於其他不按牌理出牌的問題，那就臨機應變先聽完再回答。在我想著這類事情的時候，時間也到了。

「抱歉，我叫望月新太。今天是來面試的……」

我走進便利商店，戰戰兢兢的對一名二十多歲身材偏瘦、正在進行便當擺設作業的男店員出聲說話。男店員轉過頭來，說了一句「啊啊，等一下喔」，就中斷作業退往後場。

他很快又回來，對我招手說「來這邊」。我被他帶到了一間看起來像是休息室的地方，坐在椅子上等待聽說馬上就到的店長過來。

當我最後一次確認自己的履歷表有沒有不完備的地方，並又一次在腦海中反覆思考應答內容時，休息室的門打開了。

「抱歉抱歉，呃，你是望月吧？我是店長木村。」

在這位自稱木村、髮量稀疏還有一些發福的中年男子交給我的名片上面，印上了木村卓也（Kimura Takuya）的字樣。

「啊哈哈，我的名字日語發音跟名人木村拓哉一樣啊。不過漢字不同就是了。」

雖然木村店長將原本就很細的眼睛瞇得更細並笑了起來，但我連形式上的笑容都擠不出來。

「那麼，可以給我看履歷表嗎？」

「啊，好的。」

我將拿在手上的履歷表交給店長。在默默的看了一會兒以後，店長抬起頭問：

「你覺得自己為什麼會想來便利商店工作呢？」

原本準備好的答案，從腦海中被整個抽掉。我說不出話，現場瀰漫著沉默。

「啊哈哈，你好像很緊張的樣子？」

店長不懷好意的笑著。但我無法回答的原因並非緊張，而是發生了預料之外的事件。

在木村店長那顆已經有點禿的頭頂稍微上面一點的位置，相當顯眼的陰鬱數字浮現。店長的生命期限，剩下『30』了。

就像是偵探去的地方都會發生事件一樣，我去的地方也很常出現死期將近的人。有時候，我甚至認為自己搞不好就是死神。為什麼在我的四周會有這麼多早死的人呢？對於這種看得見的能力，我又一次感到苦惱。

木村店長的死，不是我的錯。我會選擇這間便利商店，純屬偶然。就算我不接受面試，木村店長也會在我不知道的地方靜悄悄的死去。

我只能用這種想法，試圖讓內心鎮靜下來。

當這位木村店長來電連絡並錄取我的時候，已經是我接受面試後三天的事了。

他問我「什麼時候可以來？」我立刻回答他今天開始就可以去，然後就被笑了。時間是剛過晚上六點半。

「那麼，明天開始就拜託你囉！」

我回了一句「我明白了」，便把通話切斷。

「嗯？新太要打工喔？什麼時候開始？」

第二天的午休時間，我告訴和也因為開始打工的關係，所以沒辦法頻繁參加社團活動。好歹他也是文藝社的社長。

「今天開始。」

「什麼樣的打工？」

「便利商店店員。在哪裡工作就不告訴你。」

和也搔了搔頭，說了一句「你是什麼意思啦」。

這樣一來，和也跟黑瀨兩人在一起的時間就會增加。雖然和也喜歡的人在別的地方，不過黑瀨一定會很高興吧？

放學鐘聲一響，我便立刻離開學校，打工第一天可不能遲到。我快步走向鐵路車站，搭上正好到站的電車，並在離自己家最近的鐵路車站下車，再騎上停在停車場的自行車急速來到便利商店。

我抵達的時刻是打工開始時間前三十分鐘，雖然感覺來的也有點早，不過我還是先跟前輩店員打聲招呼，並在休息室裡待命。

就在我看書打發時間的時候，店長走進了休息室。雖然店長平常似乎是上晚上十點開始的班，可聽說今天為了要直接指導我，他就這個時間上班了。

「雖然有點早，不過就開始吧。」

「是。」

在走到店面以前，我反覆進行發聲練習，喊著「歡迎光臨」、「謝謝惠顧」之類的詞句。

在店長比出ＯＫ手勢後我走進店內。就在他花了一個多小時教我商品擺設跟收銀機操作的時候，一個意料之外的熟人走進店裡來了。

「歡迎光……臨。」

明明我挑了一間應該不會有熟人來的商店，走進來的人卻是黑瀨。可能是因為從學校回來的關係，她還穿著制服，在察覺到我之後就站住不動了。

「你打工的事，我從和也那邊聽說了，不過原來是這裡的便利商店呀。」

「……嗯。妳剛參加完社團活動回來？」

黑瀨點頭同意。看來她家就在附近，聽她說從以前就很常光顧這間便利商店。

在隨口閒聊以後，我回去進行商品擺設作業；黑瀨則一個轉身讓裙襬飛揚，走向點心專區後蹲下身去，似乎在認真挑選什麼。

她馬上就到收銀櫃檯前面排隊了。因為這個時間是我跟店長還有一位名叫田中的五十多歲女店員所組成的三人小組值班，而田中剛好在接待客人的關係，於是我停下手邊工作，跟店長一起前往收銀櫃檯。

在我走進收銀櫃檯後，店長緊跟在我身邊再次給予指導。黑瀨將兩個巧克力點心放在收銀櫃檯上，一個三十日圓。

「首先要刷條碼。」

我照店長的話讀取條碼、告訴對方金額、收下了一百日圓硬幣、操作收銀機、把找錢交給對方。黑瀨把零錢收進黑色的對折式錢包裡，伸手拿了巧克力點心。她把其中一個拿給我，說：

「這個給你。打工要加油哦。」

她留下這句話後，沒等我回應就回去了。我目送著黑瀨騎上自行車離去，心想她還是跟往常一樣，是個讓人搞不太懂的傢伙啊。至於剛拿到的巧克力點心我就收進口袋，並再度開始擺設商品。

「望月，今天已經可以下班囉。」

當我正在補充雜誌類商品的時候，木村店長從背後拍拍我的肩膀說。時間是晚上十點，我的第一天打工似乎順利結束了。

「辛苦您了。」

「辛苦你啦！回家路上要小心啊。」

我跟店長打完招呼便離開便利商店。

我騎著自行車在回家路上急速行駛。夜風非常舒暢，感覺上踏板也比來的時候輕。我從口袋裡取出從黑瀨那邊拿到的巧克力，把包裝紙剝開後放進嘴裡。微苦的巧克力味道從口中擴散開來，療癒了我因工作而疲憊的身軀。明天如果見到黑瀨，我打算把剛才來不及說的謝謝好好講出來。做了這個決定後，我讓自行車輕快奔馳。

之後我連續三天值班，開始有能力一個人操作收銀機了。黑瀨每天都會到便利商店，她從學校回來的時候都會先到這間便利商店一趟，買巧克力或者是買奶茶。只有在接待黑瀨時，我會用小一點的音量發聲。我在熟人面前不管怎麼樣就是會鬆懈。可能是因為太小聲的關係，我被田中糾正，只好回了句抱歉。

「新太，今天如果不用打工的話，偶爾也去外婆那邊探病吧。因為醫師說外婆剩下的時間已經不多了。」

當我正在咀嚼早餐的吐司時，媽媽以平靜且坦率的表情如此勸說。外婆罹患癌症，也受到了餘命宣告。雖然醫師說最長就是半年，但就算過了半年，外婆的頭上還是沒有出現數字。我在暑假一到的時候就馬上過去探病，不過在那之後就沒在外婆面前露臉。

「雖然是我的猜測，不過我想外婆還可以活很久啦。我吃飽了。」

即使我這麼說，但說不定沒多久就會有數字冒出來。因此我走出家門後，便在內心盤算著晚點下課就去看一下外婆的情況。

放學後，由於最近都在打工沒去參加社團活動，因此我在前往外婆的醫院前先去了一趟社團教室。

和也跟黑瀨在社團教室中分別坐在距離相當遠的位子上，社團活動已經開始了。

「喔，今天不用打工？」

「是不用，不過我有事，所以等下就要回去。」

我一面說話一面坐在老位子上。黑瀨只瞥了我一眼，就立刻將視線回到她手上的書本中。

「寫作的感覺如何？有進展嗎？」

「嗯～～普普通通吧。」

聽到這個曖昧的答案，我想應該是沒什麼進度。

「話說回來，我有事情想拜託新太跟黑瀨。」

「什麼事？」

「我想在文化祭的時候賣社刊，可是因為我忙著寫作，所以想說能不能交給你們兩個來處理。」

我跟黑瀨面面相覷。根據和也的說法，社團指導老師曾問他「文藝社是不是也要出點什麼東西呢」。由於文藝社的指導老師同時兼管複數文化類社團的活動，因此具體的事情就全權委任給和也安排了。

「我是沒什麼關係。」

我不知該如何回答，黑瀨則在沉默一段時間後，開口這麼說。

「很好，那就拜託你們囉。」

和也說完這句話，就重新轉頭看向電腦。明明我還沒有接受啊。

留給我的時間不多，我沒理由再撥時間做一本我搞不太懂的社刊。然而現在也不是可以拒絕的氣氛，關於社刊的事情只好先帶回去想了。

「總之，今天我就先回去了。」

「辛苦你啦！」

和也雙眼繼續看著電腦，將手微微舉起對我發話。儘管我跟黑瀨對上了眼，但她什麼也沒說。

為了前往醫院，我搭上了跟自己家相反方向的電車。

下電車後我徒步走了十五分鐘。雖然路上有花店，可是去探病還要帶花感覺很煩，於是就直接路過了。

外婆的病房在四樓，於是我搭電梯準備上樓。我從以前就不怎麼喜歡醫院，因為就算不願意，眼睛也還是會看到頭上浮現數字的人。走出電梯後，我在四樓的走道一面行走一面快速窺視病房，果然有幾個病人的壽命我看得見。

為了不讓數字映入我的眼中，我低下頭直直往外婆的病房前進。

病房門是開的，外婆起身坐在病床上以安詳的表情看書。她的頭上沒有數字，讓我鬆了一口氣。這裡是多人共居的病房，除了外婆以外還有兩名躺在床上的病人。

「外婆，好久不見。」

「哎呀，歡迎你來。」

明明也不是自己房間，但外婆在我每次去探病的時候，都會把這句話掛在嘴邊。外婆把她剛剛在看的厚重書本闔上，對我溫柔微笑。這個從我小的時候開始就一直沒有變過的笑容，讓我心裡湧起一股彷彿長途旅行過後終於返抵家中時，油然而生的安心感。

「學校上的怎麼樣呢？來吃點心吧。」

「謝謝。學校嘛，沒什麼問題啊。」

我咬著外婆給我的餅乾。那是一種加了巧克力片的點心，可能因為我正好也餓了的關係，所以手完全停不下來。

「由美子在做什麼？最近，她沒有出現。」

「她說要忙工作。明明週末可以休息的。」

外婆說的由美子，其實就是媽媽。媽媽會叫我去探病，或許是由於她自己也沒辦法去，因此才希望我來看一下外婆的情況。

我跟外婆聊了差不多三十分鐘，在天色開始變暗的時候離開病房。於昏暗的通道上前進的我，對於外婆還很健康這件事感到安心。

在護理站前方，有一處交誼廳。我看到一個坐在靠窗戶的位子上的少女，隨即停下腳步。

因為我在這名身穿淺粉紅色睡衣的少女頭上，確認了數字『72』。那是一個年紀看上去跟我差不多的女孩子，她將速寫本攤開在桌面上，用了好幾支彩色鉛筆在畫畫。那張側臉看起來相當寂寞，但神情卻非常充實。

我對這個比我還要早兩天死的女孩產生一種親近感，雖然不自覺的為了要不要出聲說話而遲疑一下，不過最終還是打消念頭，走向電梯。她一定是病死的吧？就算這樣，我也沒有餘裕去可憐她。

略感心痛的我走到醫院外面，抬頭仰望逐漸變黑的天空。

因為週末兩天都要打工，在值班時間以前，我就在自己房間玩遊戲打發時間。留給我的時間，還有『72』天。

不要緊，還有兩個月以上。這一天要到來，還早得很。時間還有很多。還不要緊、還不要緊。我一面低聲碎念，一面把一隻又一隻出現在螢幕上的怪物打倒。

雖然不知道為什麼，但我的視野逐漸扭曲，等到我察覺時已經在流眼淚了。明明也沒什麼好悲傷的，我的淚水卻一滴一滴的落了下來。

連我自己也無法理解為什麼要哭。

在我擦眼淚的時候，螢幕上的角色也在不知何時被敵人幹掉，遊戲結束了。

因為正好也快要到值班時間，於是我騎上自行車，駛向打工地點。

三十分鐘的通勤時間，對於腦子老是停不下來的我來說，並沒有那麼痛苦。

我打過卡並換好制服，先去補充飲料。電子呼叫聲一響就去支援收銀櫃檯，支援完成後就擺設商品並擦拭地板。雖然我已經一點一滴習慣打工內容，但我這個新人能做的事情，也就是這點程度罷了。

黑瀨今天也有來。她似乎是在遛狗途中先來這裡的樣子，因為我在店內確認了她在便利商店戶外區域立柱上將小型臘腸犬的牽繩繫好的身影。正當我覺得自己死命工作的模樣如果讓熟人看到會很不好意思，並為了要不要假裝補貨退到後場去而遲疑的時候，黑瀨已經踏進店內。身穿黑色長袖T恤配上一條短褲的她，打扮得很樸素。

由於黑瀨已經察覺到我，因此我在迫不得已之下，只好完全不帶感情的說了一聲「歡迎光臨～」。

「你連假日也在工作呢。」

「因為假日才是好賺的時候啊。」

我蹲下身去補充油炸類點心，沒看黑瀨就這麼跟她說話。還刻意以提不起勁的緩慢動作擺設商品。

「你打工這麼勤，是有想要什麼東西嗎？」

黑瀨的詢問讓我感到焦躁。我心想，不過就是去K歌一次而已，交情又沒那麼好，別在工作中用親密的口氣跟我聊天啦。

「沒什麼，這跟黑瀨沒有關係。」

我用拒人於千里之外的語氣冷淡直說。真的，跟這女的一點關係也沒有。我沒道理把自己突然開始打工的理由，特別說給她聽。

「我在忙，請別跟我說話。」

我又加了一句話，似乎在給予追擊。

「這樣呀，對不起。打工要加油哦。」

黑瀨平靜說完，便飄動黑色長髮走向飲料專區。

我沒有理會她，繼續進行作業。雖然黑瀨走向收銀櫃檯，但我讓田中去處理，自己則執行下一項工作。

「這個，方便的話請用。」

當我正在補充御飯糰的時候，黑瀨從旁遞了一個貼了標籤的營養飲料過來。她那對大大的眼睛，一直盯著我看。

「……可以嗎？」

「嗯，因為總覺得，你的臉色不太好。」

我收下營養飲料之後，黑瀨就轉身走出店外。在外頭等待飼主的小型臘腸犬，正開心的猛力搖著尾巴。

我緊緊握住冰冷的營養飲料。我又沒來得及跟她道謝了。下回見到她，我想先向她道歉。明明我對待黑瀨那麼冷淡，但她是在擔心我。我所做的事，不過是在遷怒罷了。

直到確定自己的死期之後才像個傻瓜一樣拚死工作，我還真滑稽。我是個火沒燒到屁股就不會開始行動的蠢蛋。

這十六年渾渾噩噩的日子，也即將要謝幕了。明明有過如此多時間卻一事無成，這樣的自己既沒用又令人惱火。如今結局已經明顯可見，就算焦慮到想做些什麼，也已經太遲了。

我對黑瀨應該沒有惡意，卻只因焦躁不安就對她發脾氣。

我只好懷著過意不去的心情，在店內目送黑瀨若無其事走回去，帶狗散步的背影。

星期一，我把早餐的吐司啃了一半，就去換衣服離開家門。

今天很難得沒有看到拿書包的少年的身影。他是終於放棄上學了嗎？還是說他只是睡過頭呢？不管哪一種理由都跟我沒關係，而且我也沒必要知道。即使明知如此，我卻不知為何，一直在那群上學的小學生中尋找那個少年。

「哎～～呀。」

我在鐵路車站跟和也會合之後，他在月台的長椅上坐下並大大嘆了口氣。

「怎麼了？一大早就嘆氣成那樣。」

「你看這個。」

和也將行動電話的螢幕對著我。我仔細一看，天氣預報的應用程式是啟動的。

「喔喔，很好啊。這個禮拜一直都是晴天標誌。」

「這才是大問題啊。如果不下雨，我就見不到小唯啦。」

啊啊是這樣啊。我理解他的意思了。小唯就是和也煞到的雨妹。

「你就像普通朋友一樣約她出來玩不就好了，你們沒有交換聯絡資訊嗎？」

「前陣子終於交換到啦。可是如果被拒絕的話我一定會產生心理創傷，所以一直沒有勇氣約她。」

明明春天就相遇了，卻直到最近關係才好到總算可以互相聯絡。雖說他們只有在雨天才能碰面，但應該是有很多機會才對啊？儘管他的性格可說天不怕地不怕，不過事情一旦跟戀愛有關就是另一回事了。即便可以輕易對自己喜歡的女孩主動出聲說話，卻沒辦法踏出最關鍵的一步。有自信的一面，卻也有膽小的一面，野崎和也就是這樣的男人。

「啊，可是呢，下個禮拜似乎就會有颱風來了。聽說是相當強的颱風，應該會下好一陣子雨吧？」

我以為這對和也來說會是好消息，不過他嘆的氣息更深了。

「你是白癡喔。颱風來才不是可以開心的事，而且如果那麼大的話電車就停駛啦。」

這話太有道理，我完全無言以對。於是我們搭上到站的電車，前往學校。

當我們抵達學校在走廊上前進時，跟低頭走路的黑瀨錯身而過。

「啊，黑瀨，先前……」

我想為了營養飲料的事向她道謝，並為自己的冷淡態度向她道歉。然而黑瀨卻僅僅停了一下，又一言不發的步行離去。

「你跟黑瀨怎麼了嗎？」

和也以同情的眼神看著被黑瀨忽視的我，如此問道。我只回了一句「沒什麼」便走進教室。

因為今天不用打工，所以一放學我就走向文藝社。好像是第一個來的我，在坐到老位子並把重心靠在椅背上之後，就凝視著純白的天花板好一會兒。

不知道就這麼坐了多久，在脖子開始痛的時候又坐回原來的姿勢。這間社團教室還是跟以往一樣，能夠讓我忘記時間。可以聽得見遠方傳來輕音樂社的簡單演奏聲，如果沒那些聲音的話，我的心情說不定會更好。

社團教室的門打開，黑瀨就站在那裡。她一跟我對上眼就尷尬的低下頭，走到老位子上坐下。

我們兩人都打開書本，默默持續讀了一陣子書。我的手機發出聲響，一看螢幕，發現是和也的訊息傳送過來。

『今天我想換個心情，打算在咖啡廳寫小說，社團活動就不去了。』

『你要早點講啊』，我輸入這則回覆訊息以後便關閉螢幕。本來以為他是因為跟班上同學聊天所以才晚到，不過既然和也不來，那我也回去吧。如此心想的我開始準備回家。

「……抱歉，今天我沒有要忽視你的意思。」

黑瀨猶豫許久後開口了。她說話的同時，視線落在手邊的書本上，並沒有看我。

「呃，是這樣嗎？」

那很明顯就是忽視。如果她說不是的話，那到底是什麼意思呢？我等待她說下去。

「跟我講話的話，你也會被認為是怪人的。因此，不要在社團教室以外的地方跟我說話會比較好。」

我不懂她的意思。確實我從以前開始就知道黑瀨是怪咖，或者應該說是個有點不可思議的傢伙。老實說到現在我還是沒聽懂她的意思，也不理解為什麼跟黑瀨說話，就會連我都會被當成是怪人。

「妳那是什麼意思？」

「……我不說你就不會懂嗎？」

雖然我想回答「不可能會懂吧」，但總覺得這麼做就輸了，於是閉口不言。

「我去一下洗手間。」

她把剛剛還在看的書放進書包，便離開社團教室。正當我心想她是在幹嘛的時候，黑瀨的書包傾倒下去，裡頭的東西散落在桌上。

幾本用書店特製封套包起來的書整疊掉落在桌上，我站起身來想將它們放回原位。

突然，我有點想知道黑瀨平時都在看什麼書。在輸給好奇心之後，我將剛從桌上撿起來的那本書打開。

《明日，如果我死了》

這樣的書名映入我的眼中，讓我不自覺將書闔上。原本我以為她也在看小說，但這其實是一本跟生死觀有關的書。雖然感覺不太舒服，不過我又拿了一本書並將它翻開。

《生與死》

我立刻將書闔上，又伸手拿了一本。這本書也是差不多的類型。

我繼續再拿一本。這本書上隨處貼滿了標籤。

《讀了這本書溝通能力就倍增！誰都可以實踐的流暢溝通技巧之獲取法則》

看樣子黑瀨不光只關心人的生死，對人際互動也挺在意的。感覺好像看到不該看的東西的我，悄悄將書放進書包裡。這樣一來，我越來越搞不懂黑瀨這個人了。

當我坐到位子上的時候，黑瀨回來了。

「和也很慢呢。」

彷彿剛才的對話已經不存在一樣，她以若無其事的表情如此說。

「剛才他有聯絡說今天不來社團活動。我差不多要回去了，黑瀨妳打算怎麼辦？」

「那麼，我也回去。」

我們兩人離開社團教室之後，黑瀨就走在我後面。這麼說來，當我們跟和也三個人在走廊上時，她也同樣只會跟在我們的身後。

當我們走出學校的戶外區域時，推著自行車的黑瀨終於跟我並肩行走了。剛才看到的書名，一直在我的腦中盤旋不去。

「這麼說來，社刊要怎麼辦呢。」

「嗯？社康？」

一瞬間在我腦中浮現的是「社區健康」的簡稱，但很快便反應了過來。和也有拜託我們製作要在文化祭賣的社刊。不過由於我的時間所剩不多，因此沒什麼心情去多想。

「關於這件事，因為我在忙打工的關係，所以可以拜託黑瀨幫忙嗎？和也在國中的時候寫的短篇小說，有些地方還滿有趣的，我想可以將它放在社刊上。如果頁數不夠的話就隨便畫點圖，加一點篇幅應該會比較好吧？」

時間是有限的。我想這件事最適合交給社員當中唯一看不見壽命期限的黑瀨去做。對於馬上就要死的我跟和也來說，沒有時間能花在社刊這種玩意上。

「我明白了，沒問題。」

黑瀨爽快的點頭同意。我跟她在鐵路車站道別，貴重的一天，又無情地過去了。

「望月你知道嗎？聽說店長啊，他的小孩很快就要出生了哦。」

正當我在頭上數字變成『66』的這一天補充麵包時，田中抓準客人沒進來店內的時間點悄悄對我說。

「……是這樣嗎？店長的小孩什麼時候會出生呢？」

「我記得他說是在這個月底，而且聽說是男孩。」

「……是這樣啊。」

今天開始就進入十月了。我昨天親眼看到店長的數字是『15』。如果小孩照預產期生出來的話，店長會在見不到兒子的情況下死掉。雖說這是店長的命運，因此也無可奈何，但我還是為店長感到痛心。

「聽說結婚到第九年終於有小孩，店長一直很高興呢。」

「那真是……令人期待啊。」

不想再聽下去的我，即使沒有待辦事項依然退到後場。如果可以靠一個開關就讓燈光熄滅，那麼我希望剛才聽到的話，也能用這個動作從腦袋中消除。

「喔，望月，辛苦啦。」

剛來上班的木村店長，晃動著數字『14』並拍拍我的肩膀。

「辛苦您了。」

我將視線向下之後才回應他。店長每次都是在剛過晚上九點的時候就來上班，大夜班只有店長一個人，在第二天一大早以前不會有人來換班。根據田中的說法，大夜班的打工同仁最近突然離職，這一個月店長放棄休假，一直都是一個人值班。可能是因為這樣的關係，店長的臉色並不太好。

「時間到囉，望月，你可以下班了，辛苦啦。」

當我在拖地板的時候，店長從後場走出來拍拍我的背這麼說。當我察覺到的時候，時鐘的針已經轉過晚上十點了。

「請問……店長。」

「嗯？」

正當我在思索要說什麼話的時候，一名客人進入店內並隨即來到收銀櫃檯。對方似乎是來買菸的，店長也過去接待。因為對方是常客而且開始跟店長聊天，於是我退到休息室。

當我換好衣服並打過卡再走到店內時，剛才那名客人的身影已然消失。

「望月，剛才你是不是有什麼事情要跟我說？」

店長一面用毛巾擦拭收銀櫃檯一面這麼問我。

「沒有，沒什麼事。辛苦您了。」

在回答這句話以後，我便走出店門。

我迎著夜風騎著自行車，感覺有些冷，光靠一件長袖T恤差不多快撐不住了。

視野突然出現扭曲，眼裡已蓄滿淚水。最近只要稍微不注意就會這樣。明明也沒有特別難過，但淚腺不知為何很容易失守。

我緊咬著嘴唇，用力踩下踏板，在通往自己家的道路上疾行。

進入十月以後，制服由夏季款式換穿為冬季款式。儘管還能看到幾個穿夏季制服的學生零星出現在校園，可不管是男生還是女生大多都已經改穿深藍色的西裝制服外套上學，讓我實際感受到自己的壽命終於剩下沒幾天了。

一開始上課，我就馬上往書包裡面打探，尋找自己想要看的書。然而，我似乎是不小心忘記帶了。這讓打定主意要在今天之內把那本大約有六百頁的長篇懸疑小說看完的我大受打擊，甚至認真考慮是不是要早退。

可是這也行不通，在迫於無奈之下，我只好拿手機出來玩。我先大略看過所有的網路新聞，接下來啟動遊戲應用程式。我用指頭彈在螢幕上，把敵方怪物打倒，在我方體力值變零時就中止不玩了。

才第一節課，我就沒事可幹。這時候我突然回想起一件事，並打開了推特。

已經半年沒有登入了吧。在跟隨者超過十萬人的我的帳號中，已經存了幾百則私人訊息。

其實我在國中生的時候，曾經利用自己看得見的能力降臨在社群網路界，並宣稱自己是預言者，讓社會騷動過。

只要看得見頭部，就算是相片或電視機的影像，我都能用肉眼確認那個數字。雖然在預錄的案例中多少會出現誤差，但如果是直播影片就可以準確命中名人的死期。

在我陸續說中資深主播、王牌藝人、音樂家的死期之後，跟隨者就瞬間暴增，成百上千則訊息也傳送到我這邊來。這些訊息的內容幾乎都是希望我可以看看當事人自己或其朋友、情人、家人等身邊親人的壽命。

我的帳號名是『Sensenmann』，這個字在德語中有死神的意思。當時，名副其實正處在中二病狀態的我，因為感覺自己受到眾人需要而飄飄然。後來就專門針對有傳送相片給我，並看得見壽元的人發送回應。

整件事情的開端只是因為閒，我完全沒有那種想要幫助誰的動機。玩幾個月膩了就放著帳號不管一陣子，等回想起來的時候就重新開始預言，如果又膩了就再把帳號放著不管，就這樣一直反覆循環。

而今天，我開啟了很久沒上的推特，並為過去自己的愚蠢嘆息。或許就是因為我的行為像在愚弄人的生命，所以遭到報應了。

我點開訊息查看，大多數的內容還是跟以前一樣，希望我看看壽命。甚至還有雜誌請求我接受訪問之類的訊息，讓我大感驚恐。

我開啟一則又一則訊息，一張讓我開始懷疑自己眼睛的相片突然映入眼簾，讓我差一點忍不住失聲叫出來。

「嗯？怎麼了望月？」

數學課的科任老師察覺到我的聲音，我連忙將手機藏起來。

「對不起，什麼事也沒有。」

老師一回頭看向黑板，我立刻確認手機螢幕。

這是一則由帳號名是『Marron』的人物所傳來的訊息，傳送時間是兩個禮拜前。

『Sensenmann先生，好久不見。事出突然，但我想跟您請教這兩位的壽命。總感覺，他們近期就會死了。』

這則訊息同時附加了相片檔案。

果然，我沒有看錯。

這張送給Sensenmann的相片，拍下了我跟和也坐在社團教室裡的身影。

放學後，本來因為這一天不用打工而想去社團活動的我，感到有些猶豫。剛才看到的那相片一直讓我心頭七上八下。

——但我想跟您請教這兩位的壽命。總感覺，他們近期就會死了。

儘管暫時還無法斷定，可這感覺並非單純基於好奇心而傳送過來的訊息。恐怕攝影者察覺到我跟和也的壽命剩沒幾天了。雖然我還不能判斷為什麼對方會察覺到這個事實，但也不能默不作聲，於是我猶豫著該怎麼回應訊息才好。

我回溯歷史訊息，發現自己在國中的時候就跟Marron這號人物對話過。

『因為爺爺生病，我不知道他什麼時候會死。Sensenmann先生，請您將爺爺的壽命告訴我。』

這則訊息連同一張橫躺在病房床上的老年男子相片，傳送到我這邊來。男子的頭上浮現的數字是『9』，而當時的我則是秒傳回應訊息給Marron：

『很遺憾，以這張相片的拍攝日期起算，九日之後這位先生就會亡故。為了不在事後追悔，請您在他身邊陪伴到最後一刻。』

我裝出一副好人模樣，多寫了一些以往從未想過的句子。

『爺爺不管怎樣都沒有辦法救了嗎？不管怎樣都會死嗎？希望您救救他。』

一則充滿哀求的回應訊息很快就傳過來，感到厭煩的我就這麼回覆：『無論如何都沒辦法救了，不管怎樣都會死，我無能為力。』

『正如Sensenmann先生說的，爺爺已經過世了。不過，託Sensenmann先生的福，我可以在最喜歡的爺爺臨終以前好好跟他道別。真是謝謝您。』

後來，對方傳送了這樣的訊息。

印象中，我當時好像認為對方還只是小學生……。

在猶豫了幾分鐘以後，我從座位上站起身來，前往社團教室。那張傳送給我的相片就是在社團教室裡拍的，不會有錯。而能拍出這種相片的人物也只有一位。

Marron的真面目，我除了黑瀨舞以外想不到其他可能性。

和也今天好像也在咖啡廳寫小說，所以社團教室裡頭只有黑瀨一個人在。她正在讀一本用封套包好的書，前幾天看到的書名瞬間在我的腦海中掠過。

我默默從黑瀨後方走過去，坐在老位子上。雖然我將手伸進書包裡找書，但又回想起自己把書忘在家裡，於是從口袋裡把手機掏出來。

我打算質問黑瀨，但一直踏不出第一步，只好無謂的浪費手機電量跟時間。我再度確認Marron的訊息內容，發現那張相片是在和也面對電腦、我剛從書架取出一本書拿在手上回到位子的一瞬間拍下來的。從取景角度看，果然是在黑瀨一直在坐的位子上拍的，應該不會錯。再仔細一看，Marron在大頭貼中設定的小型犬相片，跟黑瀨飼養的狗非常像。

接著又過了幾分鐘，我還是找不到話題，電池容量也變成紅色。黑瀨似乎讀完第一本書，她以雙手掩口，打了一個大大的呵欠。

正當我以為黑瀨要開始讀第二本書的時候，她也拿出手機開始玩起來。我想如果要質問她的話，也只有現在這個機會了。

「……我說。」

準備已久的我發出了沙啞的嗓音。我連忙咳了一聲，重新來過。

「我說，黑瀨妳有在玩推特嗎？」

儘管很唐突，但我覺得這話題應該有得聊。黑瀨將手機擱在桌上，看著我這邊，說：

「玩是有在玩。」

「啊，妳有在玩啊。」

「嗯。」

對話接不下去了。我先深呼吸一口氣之後再度深入詢問：

「先前曾經成為熱門話題的，那個名叫Sensenmann的人，妳知道嗎？」

這是我人生第一次用嘴巴說出Sensenmann這個字。一旦試著從嘴巴說出來，就覺得這名字果然很怪。事到如今，我才發覺這個帳號名遜爆了。

「……不知道。」

這個預料之外的回答，讓我第三次講話卡住。如果妳回答知道的話，我就可以報上名號說自己就是Sensenmann啊。妳說不知道，對話就會在這種地方結束啦。

「那個人，怎麼了嗎？」

正當我抱頭苦惱的時候機會到來了。我下定決心，以冷靜且認真的語氣直接宣告：

「其實Sensenmann，就是我。」

「……咦？」

其他地方會有這麼蠢的公開現身場面嗎。因為講出來實在有點狂，我又重新對自己在那個中二病時期的取名品味感到羞恥。

我又一次加重語氣，對她報上名號：

「我說，我就是Sensenmann啦！」

我越講越覺得這些話的真實味道越來越淡。不過，我並沒有說謊；而且，我也找不到其他更適合的台詞。總而言之，我只能想辦法讓她相信了。

「等一下，我不知道你在說什麼，可是你要不要鎮靜點？」

黑瀨的內心似乎也在動搖，她的眼珠正四處亂飄。

「新太是Sensenmann，這是真的嗎？」

雖然才沒多久之前還說不知道，可她向前探頭對我如此詢問。

「嗯，是真的。總之，因為總感覺有點遜，從現在開始這個名字禁止再說。」

黑瀨伸手托住下巴。她一定還無法馬上理解，如今正不停讓大腦運轉吧。

「拍下我跟和也的相片並傳送過來的Marron，就是黑瀨對不對？」

我主動對持續沉默思考的她發問。因為是在這間社團教室拍的，所以除了黑瀨以外我想不到其他人。而她會把我跟和也拍下來傳送給Sensenmann的理由，我也只能推斷她已經知道我們馬上就要死了。她為什麼會知道呢？我想知道這一點。

「呃，真的是新太嗎？」

我用力點頭。為了讓她相信，我將顯示在推特上的相片保持在開啟狀態，並把手機交給黑瀨。

她伸手拿了我的手機，並以雪白纖細的手指進行操作。可能她的內心已經接受事實了吧，她又悄悄將手機交到我手上。

「……要從哪個地方開始說比較好呢。」

黑瀨將手肘靠在桌上，雙手靠著額頭並低下頭去，似乎想隱藏她的表情。而我則等她將思緒整理妥當。

「等一下。新太是Sensenmann，那表示你已經知道了嗎？」

我知道黑瀨想說什麼。

「我已經知道了。和也是十二月一日，我則是在五天以後。」

「……是這樣呀，連自己的也看得見嗎。」

我跟黑瀨都沒有把關鍵字講出來。感覺得出來黑瀨是刻意不去提。我想她這麼做並不是因為溫柔，而是害怕從自己的口中說出來。

「所以，黑瀨為什麼會拍我跟和也的相片？」

隔了一段時間以後，黑瀨才似乎做好心理準備，開口說：

「其實呢，我也看得見。從小時候開始，就一直可以。」

「妳說看得見，是看得見什麼？」

「在很快就會死的人背後，我可以看見像黑霧一樣的東西……」

這是黑瀨第一次使用「死」這個字。她將這個字說出口時欲言又止，內心似乎相當難受。

「……那個黑霧，在我跟和也的背後？」

黑瀨默默點頭，有一段時間沉默瀰漫四周。

我在確認自己看得見死亡的力量之後，曾經在網路上搜尋具有同樣力量的人，結果發現跟我有相同煩惱的人還真不少。不過看得見的模式千奇百怪，像我一樣看得見數字的人並不存在就是了。

有人會把死期已近的人的身體看成兩個重疊的影子，也有人會把死期已近的人的身體看成是透明的，還有人會在人的臉上看到黑影浮現——也就是所謂的死相。總之每個人看得見的模式各有不同，但能夠預知死亡的人，除了我以外是還有其他人存在的。

在那些跟黑瀨一樣可以用肉眼確認黑霧的人當中，據說甚至有人看得見死神。雖然無法判定真實性到什麼程度，但看得見人的壽命並對此感到厭煩的同伴是確實存在的。

沒想到連黑瀨也具有這種能力，我從沒去想像過這種事。我回想她讀過的那本跟生死觀念有關的書，她至今應該也看過了太多的死亡才對。關於人的死，總感覺她或許在用自己的方式尋找其中的答案也說不定。

「妳知道我跟和也什麼時候死，是想要怎麼樣？單純好奇而已嗎？」

「我是有這種念頭，但最重要的理由是我想救你們兩人。我只看得見死亡將至，至於什麼時候死就不知道了。」

黑瀨說話時雖然看著我，不過我察覺到她的視線對準了我背後。她看的應該是黑霧吧。

「妳該不會也是因為這種理由，才加入文藝社吧？」

「嗯，一開始我以為只有和也而已。雖然先前聽說另外一個社員暑假結束之後也不來學校，可當我心想你終於來的時候……就看到黑霧……」

黑瀨低著頭，似乎很過意不去的說著。

「原來是這樣。我一直以為妳一定是喜歡和也，所以才加入社團的。」

「不是的。我只是不想讓和也死而已，當然我也不希望新太那樣。」

黑瀨這句話，讓我無法理解。她繼續說下去：

「不過，我安心了。既然知道你們兩個人什麼時候死，只要努力的話就可以不用死啦！」

「不對不對，什麼不想讓我們死，妳是認真的嗎？我跟和也對黑瀨來說，只是社團活動的同學而已，妳也沒有義務或理由要救我們才對啊？」

「等一下，新太你當然會打算救和也吧？你們是朋友吧，你會想救他吧？」

她以彷彿在勸服自己的語氣如此說。我搖了搖頭，說：

「我沒有打算要救和也，不要違抗命運才是這個世界的道理。」

「這種話，你是認真的嗎？」

「嗯，我是認真的。到目前為止，我也是這麼一路實行過來的。」

我說完這句話，黑瀨眼中的神色就變了。

「……低級！朋友就要死了，你打算視而不見嗎？」

黑瀨拍了桌子站起身來，臉色充滿怒意。在我回答之前，宣告社團活動結束的鐘聲就響起來了。

「……我當然也不希望和也死。可是，如果這是命運的話，我認為應當要坦蕩蕩的去接納才對。」

我等到鐘聲結束，才虛弱無力的說。生死觀因人而異，我有我的想法，而且所謂的正確答案並不存在。然而黑瀨似乎無法接受，還在瞪著我看。

「離校時間到了，就邊走邊說吧。」

我提起書包起身站立，離開社團教室。黑瀨則在我後面有幾步距離的地方走著。

在走出校門確認四周無人之後，黑瀨走到我旁邊，我繼續剛才的話題。我從頭開始對她說明，為什麼我不會去救人。

國中時我曾在救了少年的命之後遇上悲慘的事。我也曾對身邊的人見死不救。

我告訴她，總而言之去救一個本來命中註定要死的人，是一種相當危險的行為。如果遇到意外事故或殺人案件，自己也可能遭受牽連，雖然黑瀨的頭上並沒有浮現數字所以不會死，但說不定會受重傷；所以我忠告她，絕對不要這麼做。

相對而言，黑瀨的主張是這樣的：

「我認為有這種力量，就是為了要去救人一命。如果不是這樣的話，我就不知道自己為什麼看得見，又是為了什麼理由才看得見。我猜，這一定是有什麼意義的。」

我一開始也是這麼想。可是，我發覺其實並不是這樣。我推導出來的答案是關注這個人，並在一旁靜觀；跟這個人一同度過不讓自己後悔的最後時光，並親眼見證對方的死。我已經好幾次說服自己，做多餘的事是行不通的。我跟黑瀨的思考方式，有著根本性的差異。

「所以，妳有實際救過人命嗎？」

「……沒有。」

「我想也是。想救人可不是嘴巴講講這麼簡單。就算我知道死亡日期，也不會知道正確的時間跟死因。再說如果是病死，就算想救也無計可施。」

這番話可能說中了黑瀨的弱點，她並沒有反駁。

「我是這麼想，這一定是要我用珍惜的心去跟那些將死之人度過最後的時光，好讓自己不會後悔。所以我認為，像救命或改變命運之類的舉動，還是別去做比較好。」

為了改變黑瀨的愚蠢想法，我慢條斯理地試圖勸說她。我跟黑瀨誰才是對的，這種事我不知道；雖然我不知道，可是我們兩人誰也沒有錯。

在抵達車站後，我跟黑瀨就分道揚鑣。她推著自行車，視線朝下，若有所思的走著。我則凝視著黑瀨遠去的背影好一會兒。

我回家以後，便在腦中反覆思考自己跟黑瀨的對話。竟然會在這麼近的地方出現跟我擁有類似力量的人，老實說我有點驚訝。

我回想起黑瀨那輕蔑的眼神，嘆了一口氣。她會那麼憤怒也不是沒有道理。畢竟我一開始也跟黑瀨一樣，一心想著要去救人。或許黑瀨會認為我冷血無情，但我並非什麼事都沒做過。

——國中一年級的時候，我就曾經為了改變自己一直喜歡的女孩子的命運，努力四處奔走。

兒時玩伴夏川明梨，是我的初戀。我跟她從幼兒園的時候開始就有來往，我一直對明梨懷抱著戀愛的感情。

國中一年級第二學期開始剛過第一個禮拜時，我在上學途中於明梨的頭上確認了那個令人厭惡的數字。當下的我大為恐懼，動彈不得了好一段時間。

「小新？你沒事吧？」

總是用小新稱呼我的明梨，一面讓數字『31』浮在她頭上，一面張大眼睛以茫然的神情這麼說。那時明梨的表情跟數字，如今依然深深印在我的腦海中。

為什麼浮現出來的數字不是『99』，突然就跳到『31』呢？雖然以前也曾出現過類似的現象，但我連思考那種事的餘裕也沒有了。

從那一天起，每當我跟明梨面對面的時候，內心就會痛苦到快要崩潰。我已經數不清有多少個夜晚會想著明梨並流下眼淚。到底要怎麼辦才好？不管是誰都好，希望有人能告訴我答案。

一件令我在意的事情是，浮現數字的人並不只有明梨而已，她的班上有好幾個人都有數字。除了明梨以外，還有兩個女生跟一個男生的頭上都浮現了相同的數字。

明梨的命運之日，是這所國中以傳統的遠足活動為名義舉辦的登山之日。我認為明梨她們會在遠足途中遭受某種意外事故牽連而死，不會錯的。

假設是在登山途中發生事故，我能想到的就是山上落石跟滑落山崖，或是遭到野生動物襲擊之類的事件。雖然我也猜測過高山症的可能性，可那座山的海拔並沒有高到那種程度。

我一心想著要用一切行動來改變明梨的命運，我想挺身而出，拯救明梨的生命。所以在那一天到來以前，我研擬了一套中止遠足活動的計畫。

在明梨的數字變成『3』的日子，我終於展開行動。我打算對學校打匿名電話並恐嚇校方：如果不中止遠足活動，就在校舍安裝炸彈。如今看來，這個計畫真的很幼稚。可在當時，我真心認為那樣應該就可以解決問題了。

我心想如果打公共電話就應該不會被抓到，於是騎上自行車四處尋找。

我花了一個小時以上的時間找到了一座設置在便利商店旁的公共電話，並伸手拿起話筒。可是，我為了要不要按號碼而猶豫。

如果校方從聲音察覺到是我的話，我或許就會被退學，說不定還會遭到逮捕成為犯罪者。想到這裡我就害怕起來。

不過即使如此，我的意志還是很堅定。我按照數字順序按下號碼，撥號聲響了起來。隨著撥號聲響起，我的心跳也加速到連耳朵都聽得見的程度。

電話傳來低沉的聲音，讓我瞬間嚇了一跳。因為這聲音我從未聽過，一定是其他年級的老師接的吧。

我失去發聲能力。話筒中響著略帶焦躁的「喂喂？」聲，讓我整個人害怕不已，拿著話筒的手抖個不停。

正當我開始徬徨的時候，無意間卻又發現了防盜監視器，心臟差點停住。當然這具監視器是便利商店用來防盜的，但它的攝影鏡頭卻完全鎖定我了。

感覺自己一直受到監視的我粗魯的把話筒掛回去，騎上自行車像逃跑般離開現場。

像我這種平凡的國中生要去抵抗命運，果然還是很勉強吧？我流著淚踩著自行車，緊咬著嘴唇詛咒自己的無力。

「我說明梨，明天的遠足要不要翹掉，去哪裡玩啊？」

在明梨的生命期限變成『1』的那一天放學路上，我對她這麼提議。只要不去遠足，明梨就不會死了。

「你在說什麼？我是執行幹部，不可能不去遠足。啊，我知道了，你討厭爬山對吧？小新就是很軟弱呀。」

明梨雖然用開玩笑的口氣這麼說，但我沒辦法像以往那樣回嘴了。

「明天妳如果去遠足的話，說不定會死……」

「不對不對，就說根本不可能會有這種事了。如果小新這麼不想去的話，只要你不去不就好了。」

「這樣的話就沒意義了……」

我虛弱無力的說完這句話，明梨就別過頭去，一臉不高興的如此回答：

「總而言之，我會去遠足。」

「……我知道了。」

讓明梨不高興的我，此後繼續默默的走著。因為紅燈而停下來站著等候的時間讓我有點尷尬，很想就這麼闖過斑馬線。

終於看到了我家，我跟明梨就在這個地方道別。她的家，還在更前方。

或許這會是我們兩人最後一次一起放學。雖然心中這麼想，但我沒有能力去叫住明梨。

我目送著明梨小小的背影越來越遠，直到完全看不見。在完全看不見之後，我還是呆站在當場好一陣子。

儘管打從看到她頭上有數字的那一天開始，我就思考了許多計策，可都沒能阻止她去遠足。

這一天晚上，我竭力思考。到底要怎麼做才可以救明梨，還有沒有什麼辦法？我在房間裡來回繞圈踱步並尋找適合的對策。我將登山過程中可能會發生的各種意外事故一一想起，並記錄在筆記本上。包括事故發生時要如何行動才好之類的內容，我都鉅細靡遺地寫了下來。

寫到最後我闔上筆記本，然後跪在窗邊開始求雨。只要下雨遠足就會延期，這樣一來明梨的壽命就一定可以延長。我透過窗玻璃仰望上空，下弦月正綻放光輝，群星則彷彿像要貶低愚蠢的我似地閃亮著。根據天氣預報，明天會是個大晴天。

結果，我直到外頭亮起來都還睡不著，正要開始入睡時已經是起床時間。即使鬧鐘聲響，我還是沒有從床上爬起來。

我的頭相當沉重，身體的疲勞依然殘留。沒什麼食慾的我，連擺上來的早餐都沒動就離開家門。

抬頭一看，萬里無雲的青空向四面八方擴展。我發誓以後不會再求什麼雨了。

門外已經沒有明梨的身影，可能因為她是遠足活動執行幹部的關係吧。即便這樣，她還是可以先過來說一聲的。或許是昨天的爭吵害的吧，如果我沒有不小心多嘴的話，現在明梨應該就會在我身邊了。

沮喪的我走到學校，看到校內的室外停車場已經停了三台遊覽車。集合地點並不在教室，而是在校舍前面。已經有許多學生聚集在那裡，我朝向自己班上，也就是二班的等候地點走去。

旁邊的一班的隊伍中，出現明梨的身影，她頭上的數字是『0』。應該會在今天結束前嚥下最後一口氣的明梨，正跟同樣浮現『0』的同班同學笑成一團。

還有機會。只要開始爬山我就藉機混進明梨班上的隊伍裡，我要護衛她。如果有落石我就當她的盾牌，如果她要滑落山崖我就飛身擋下，如果熊出現的話我就來當誘餌。昨晚我在筆記本上記下了各式各樣的狀況，也在腦中模擬了好幾遍。為了在任何異常狀況發生時可以瞬時行動，我穿得很輕便就過來了。

應該不會有閃失才對。我認為事情如果照我的設想去發展，自己就一定救得了明梨。然而在下個瞬間，我的計畫被輕易粉碎了。

「一班的大家～～！今天要請各位多多指教～～！」

出聲的人是遊覽車的女性導遊。我一看到她的身影就受到極大的衝擊，當場瞠目結舌。她的頭上，有數字『0』。我沒有看錯，這個數字準確的緊跟著她上遊覽車。我還在已經坐於車內的駕駛員頭上，確認了同樣的數字。

我領悟到自己的思慮究竟有多短淺了。我看見明梨正在最前面的座位上坐下，那些看得見數字的學生，主要都集中在前方的座位上。

「我被人家推薦去當遠足活動的執行幹部，可是我在猶豫要不要當耶。小新，怎麼辦？」

我的腦中甦醒了一段記憶，大約一個月以前放學回家時，曾經有過這樣一段對話。聽說因為沒有人自願，級任老師就推薦班上的風雲人物明梨擔任執行幹部，並說她是最合適的人選。在那個時候，明梨的頭上還沒有冒出數字來。

「嗯～～難得妳被推薦了，那就當也好啊。」

「可是當上執行幹部以後，社團活動就會有幾天不得不請假，而且比賽也快到了，是不是拒絕比較好？」

明梨用低落的語氣這麼說。她是排球社的社員，而在遠足活動三天前好像有一場只限一年級參加的排球比賽。由於明梨是一年級球隊的主將，因此她一直在煩惱能不能兩者兼顧。

「我猜啦，遠足活動的執行幹部才沒有那麼多事情可以做。而且社團跟班上都對妳有期待，這樣不是很棒嗎？我想妳就去當好了。」

「嗯～的確是這樣也說不定。既然小新這麼說了，我就去試試看吧。」

「嗯，我會為妳加油。」

「啊，可是執行幹部在遊覽車上的座位是最前面耶，這點還滿討厭的。」

我笑了笑，說了一句「這點事情沒關係啦」。

這時我才察覺，在我建議明梨當執行幹部那一天的隔日，明梨的頭上就冒出數字來了。那一定不是偶然。明梨因為當上執行幹部，所以得坐到受害機率最高的前方座位上，她的命運改變了，頭上也出現數字。我則在不知不覺當中，將明梨往死亡推了一把。

我突然感覺一陣噁心，當場嘔吐出來。可能是因為胃中空空如也的緣故，我吐出來的只有胃酸。

「老師！望月一直在吐！」

一個很愛鬧事的學生指著我這麼說。儘管我受到眾人共同關注，但這種事已經無所謂了。

在同班同學們魚貫上車時，我被帶到保健室，放棄了參加遠足的念頭。

在保健室的窗外遠方，一班的遊覽車出發了。在最前面座位上的明梨，正一臉擔心的看著我。

我大喊了一聲「明梨！」，可一切已經太遲了。

那是我最後一次看到明梨。

大約一小時後，一班學生搭乘的遊覽車正面撞上了一輛大型油罐車，側翻倒地；油罐車發生爆炸，釀成一樁死者共計八人，二十五人輕重傷的淒慘事故。

這樁意外事故受到媒體連日報導，原因據推測是油罐車駕駛員因疲勞駕駛導致打瞌睡。油罐車的運輸公司也被揭發有未提供職員帶薪休假、強迫職員加班、工時大幅超過法定時數上限、杜撰出勤制度等情事，被追究相關責任。

我恨那家運輸公司，但我更恨自己。其實我只要講一句話就可以救明梨了。

「如果妳不想當執行幹部的話，就婉拒好了。」

那個時候如果我這麼說，說不定明梨就不用死了。如果那麼做的話，明梨應該會坐到受害機率低的座位上，也就能逃過一死。我什麼都沒考慮，就說出那種話。明梨的死，明明可以簡單預防的。

都怪我思慮不周，害死了明梨。

發生事故的那一瞬間，明梨在想什麼呢？可能她連思考「當初聽小新的話不去遠足就好了」這種事情的空閒都沒有吧，畢竟那是一瞬間就發生的事件。

明梨過世之後我完全無法振作，足足一個月沒去學校。

不管我怎麼行動，明梨還是註定會死。就算奇蹟般的下了雨讓遠足活動延期，也只不過讓明梨的死同樣跟著延期而已，她還是無法逃離死亡的命運——。

我硬是用這種想法壓下心中的鬱悶。

可在一年以後，我卻很偶然的救下了幼小少年的生命。這讓那時候的我知道，我的行動還是可以改變別人的命運。

而這也讓我重新察覺到，讓明梨死的不是其他任何人，就是我自己。

為了某個誰

就在我坦白告訴黑瀨自己是Sensenmann的同一個禮拜四，我照常在上課時間讀懸疑小說。

由於今天滿多堂課都要在專科教室上課的關係，因此讀閒書的進度比想像中慢，在還有一百頁要看的情況下就放學了。正好故事進入佳境，無論如何我都想把它看完。因為今天要打工，如果等下看不完，說不定就要拖到明天了。於是鐘聲一響，我就率先衝出去，跑向文藝社的社團教室。

離打工還有一點時間，只要在三十分鐘以後從學校出發就來得及。這樣的話應該看得完。

我似乎是第一個到的，社團教室裡沒有其他人。一在椅子上落座，我就翻開文庫版書本接著讀下去。優秀的小說是一種不可思議的東西，就算從中間開始，只要讀過一行就可以瞬間進入作品的世界。我手上的小說，正是這樣的好書。

幾分鐘後，社團教室的門開了。我的眼睛連動也不動，心神集中在讀書上。如果是和也的話，他在打開門的同時也會出聲，所以現在進來的人應該是黑瀨。我心想話少的人還是比較好，同時又翻了一頁。

「今天也要來寫小說囉～～加油囉～～」

又過了幾分鐘後，隨著一句有氣無力到我搞不太懂是不是真的想加油的話語聲，和也走進了社團教室。他拉椅子的聲音跟把書包放到桌上的動作都很粗魯，讓我也不由得分心。

「喔，新太你在看的那個是什麼？還滿厚的耶。」

「嗯～～」

「呃，不是『嗯～～』吧。有趣嗎？」

「嗯～」

之後他又主動問了幾個問題，但我對所有問題都用「嗯～」打發。

「哇啊啊，真是超級好看的啊……」

把書看完之後我闔上書本，將全身體重落在椅背並抬頭望向天花板。我打從心底認為，臨死之前能夠讀到這本小說真是太好了。

「這麼好看的話就借我看吧。」

「好是好，小說來得及嗎？」

我這句話的意義並不是來得及在新人獎的截稿日前趕上，而是來得及在和也所剩的『56日以內寫完。

「嗯，總是有辦法的吧？這麼有趣的話我也要看。」

和也不可能知道我這個問題的意圖，他一拿起書就從扉頁的簡介開始讀起，並低聲碎念著一些字句。

我這才察覺，自己進來社團教室已經過了三十分鐘。連沉浸在小說餘韻的時間都沒有的我慌慌張張起身站立，將書包背在肩上。

「新太要回去啦？」

「要回去，今天有打工。明天再見。」

「喔，辛苦啦。」

黑瀨看著我似乎要說些什麼，但我沒理會她就離開社團教室。

都怪我對她坦白相告，害我有些尷尬。

——低級！

昨天黑瀨丟出來的這句話，依然刺痛我的心。想不到平常冷靜的黑瀨竟然會那麼的情緒化。雖然看起來很冷淡，不過她的內心其實蘊含著想救人的熱情。感覺可以藉此窺探到她真正的一面，光是這點就不知何讓我有些開心。

我抵達打工的便利商店時，已經是上班時間前五分鐘了，當我在打卡鐘前氣喘吁吁的時候，田中對我輕聲一笑，說：「你要給自己更充裕一點的時間來上班呀」。

我調整好呼吸，先去補充飲料。

過了一個小時後，黑瀨也到店裡來了。

「……歡迎光臨！」

黑瀨瞥了我一眼，直接往點心專區走去。每走一步，她的制服裙子就跟著飄蕩，一雙長腿在其下若隱若現。

我沒理會她，重新開始作業。然而黑瀨很快就走向收銀櫃檯，所以我迫不得已只好也跟了過去。

「一百二十六日圓。」

我以黑瀨專用的態度報出價錢，她則從錢包裡掏出剛好一百二十六日圓交到我手上。

「這個，給你。」

她說完這句話，又把一個三十日圓的巧克力點心拿給我。

「謝謝。」

「今天，你是十點下班沒錯吧？之後可以稍微聊一下嗎？」

「咦，呃，可是……不對，妳在那個時間離家趴趴走沒問題嗎？」

應該沒多少父母親會讓就讀高中的女兒深夜離家在外閒晃吧？

「我家沒問題。我爸媽在這方面管得還滿鬆的。」

「……這樣的話，就聊一下。」

我說完這句話，黑瀨就露出微笑，從店內離開了。

我跟她兩人到底要聊什麼呢？雖然說不上期待，但我其實也想跟她說話。對於能力跟我相似的黑瀨，我比以前產生了更多的親近感。

在店內目送黑瀨騎上自行車離去之後，我就回去繼續工作。

「望月辛苦啦！哎呀，睡過頭了啊。」

浮現數字『9』的店長搔了搔頭，在晚上剛過九點五十分的時候來店上班。最近他甚至工作到直接從大夜班上到中午才走。看著他每天捨身工作的模樣，我非常擔心。

「辛苦您了。店長您工作到稍微有點過頭了喔。」

我把內心想的事情直接說出來了。而店長只是笑了聲「啊哈哈」，就走進休息室。雖然我為店長的數字終於變成一位數感到痛心，但浮現在我頭上的數字也終將會成為一位數乃至於歸

『0』。這種事絕對不會跟自己無關。

由於下班時間已到，於是我打了卡，又因為黑瀨應該就在店外等候，所以我急著把衣服換好。

「辛苦您了。」

「好的，辛苦了。」

我跟店長打過招呼走出店門，但還沒有看到黑瀨的身影。

等了幾分鐘之後，有腳步聲從黑暗的地方傳來。在店外燈光的照耀下，我發現是黑瀨。身上是一襲黑色連帽外套加牛仔短褲之外出裝扮的她，將雙手插在外套口袋裡走了過來。

「啊，辛苦了。」

黑瀨發現到我之後，說了一句慰勞的話。我只回了一個「嗯」字。

「所以，妳要跟我聊什麼？」

「離這裡很近的地方有一座公園，我們去那裡聊。」

黑瀨在前面引導，我推著自行車走路。

真的在很近的地方有一座小小的公園，標示牌上寫著「柳公園」的字樣，公園內有幾株已經開始長出紅葉的柳樹，令人感懷秋思。柳樹在戶外燈光的照耀下看起來有些驚悚，讓我起了一陣惡寒。

除了柳樹以外，公園內部還有溜滑梯、鞦韆、單槓、以及兩隻彈簧馬造型的遊具，園內深處甚至還設有雲梯；以面積而論，遊具相當充實。儘管此刻因為是深夜時段的關係並沒有人影，但我認為白天時這裡應該會有一大群小孩子，想必十分熱鬧。

「真不愧是晚上，果然很冷。啊，星星好漂亮。」

黑瀨坐在長椅上，仰望著天空說。我跟著將雙眼上望，感覺確實很漂亮。我發現自己已經很久沒有好好看過天空了，於是有一段時間，我就在觀望那些浮現於夜空中的發光顆粒。

「那裡的店長，也會死掉嗎？」

先一步完成天文觀測的黑瀨，低下頭來說道。

「啊啊，妳說木村店長嗎。雖然很遺憾，不過他九天後就會死了。」

雖然看得見的模式不同，不過黑瀨也看得見他的死亡前兆，而且也看得見我的。不過現在可能因為顏色跟黑暗相近，或許無法看得很清楚。

「……這樣呀。我小的時候就跟這個店長買東西了。他是非常溫柔的好人。」

「嗯。」

不光只有職員而已，連顧客都喜愛店長。就算是只有一起工作過一小段時間的我也很清楚理由。店長就是一個溫暖的好人。

明明孩子馬上就要出生，就要建立一個溫暖的家庭；可他就要死了。

根據我從田中那邊問到的訊息，店長明明才只有三十八歲啊。

「我說，我們兩個人沒辦法救店長嗎？」

「……我想昨天也跟妳說過，我沒有心神去關照如何改變人的生死。」

「新太什麼都不做也沒關係，你只要跟我一起來就好了。」

「什麼意思？」

我將視線移向黑瀨，黑瀨也看著我開口說：

「當天我會跟蹤店長，如果他快死了我會救他。因為我一個人會很不安，你就跟我一起來吧。」

我錯愕地看著把十分困難的事說得好像很簡單的黑瀨。她直率的眼神在我看來相當耀眼，讓我不自覺地將視線移往別處。

「我很感動妳有這份心意，但我想是沒用的。如果他是病死的話，我們也無可奈何。」

「三十多歲的人死因第一名好像是自殺哦，不過十多歲跟二十多歲的人好像也一樣。假如他是自殺的話，我想是可以順利阻止的。」

這種事我也知道。即便確實大家都說日本是自殺大國，不過我推測店長的死因應該是別的。

「雖然是猜的，但我想店長不會去自殺。」

「為什麼你會這麼想？」

「他的孩子馬上就要出生了，這樣的人會去自殺嗎？」

黑瀨伸手放在額頭上沉思起來，或許是因為沒有預料到這點吧。雖說是推論，可結果應該不是意外事故死亡就是病死，我的預測是後者。

「那會是意外事故死亡嗎？因為我看不出他是會被誰怨恨的人，所以我認為不會是他殺。」

「我覺得病死的可能性滿大的。店長最近臉色很差。」

黑瀨沒有回應。

儘管這絕對不像是高中男女生在滿天星空下、在夜晚公園中的對話內容，但我還是有些開心。原本以為不管跟誰說都無法讓人理解的事情，坐在我旁邊的少女直接就相信了。更何況她擁有的力量還跟我類似，簡單來說她就是同志；而且即使思考方式不同，不過也只有黑瀨能讓這樣的對話成立。這種感覺相當不可思議，說不定黑瀨也有同樣的心情。我覺得如果真是這樣就好了。

「可是，如果店長是病死的話，只要在他病倒的那一瞬間叫救護車，說不定就救得活。即使是意外事故死亡，看應對的時機也說不定可以救回來。」

「這個嘛，這麼說也是沒錯啦。」

黑瀨說的也是有道理。實際上在遭遇這種現場的時候，應對時機確實也可以決定生死。大部分的人遇事時會僵在原地動彈不得，情緒也會動搖導致無法正確應對。雖然我曾經基於興趣本位，親眼目睹過幾次人的死亡，但在這麼做之後才發現自己無能為力、狼狽不堪的人也不少。

然而，如果事先讓自己對可能會發生的事情知悉到某個程度的話，的確可以不慌不忙的採取適當措施。

即使這樣，我還是沒什麼幹勁。

「喔，都這個時間了，差不多該回去了。」

我看了手機，確認時間已經接近晚上十一點。

「對哦，抱歉讓你待到這麼晚。因為我覺得在學校的話，不太有時間可以聊。」

「因為社團教室還有和也在嘛，沒辦法。」

我急忙騎上停在公園入口的自行車打算回家，不過想了一下又回頭過去，說：

「現在太暗了，不然我送妳回家吧？」

黑瀨停下腳步張大眼睛說：

「可以嗎？」

「可以啊。坐後面吧？」

「那就拜託你了。」

黑瀨說完這句話，便戰戰兢兢的坐到後貨架上。她有些顧忌的抓住我的制服後面，我的意識也很詭異的集中在被她觸碰的部位。我將龍頭往她手指的方向轉去，在黑暗中慢慢前進。自從跟明梨共乘以來，已經很久沒有兩人一起騎自行車的經驗了，我以比那時候還要慎重的心態，讓自行車在路上行駛。

「那邊，三角形屋頂就是我家。」

我在習慣久違的兩人共乘之前就先看到黑瀨家。當我停下自行車後，黑瀨說了一聲「謝謝」就從後座下來。

「那麼，我要回去了。」

「嗯，妳要小心。」

我剛踩下踏板，黑瀨就說了一句「啊，等一下」，把我叫住。我連忙握住剎車。

「要交換聯絡資訊嗎？今後也有很多事情想跟你說。」

黑瀨用一隻手拿著手機，猶豫的看著我。

「嗯，好啊。」

當我在通訊應用程式輸入ＩＤ之後，出現了一個叫『阿舞』的名字，大頭貼相片是她飼養的小型臘腸犬，跟推特上的一樣。

「阿舞……」

我才低聲說完，黑瀨就連忙操作手機，將名字立刻變更為『黑瀨舞』。

「剛剛那個該怎麼說，因為預設名字就寫那樣。」

黑瀨苦於解釋，不過我沒有吐槽而是選擇相信她，說了一句「原來是這樣啊」。雖然看起來很冷淡，但她其實可能令人意外的天真也說不定。

「那我走啦」，我丟下這句話，就踩著自行車在黑漆漆的夜路上行駛。我察覺嘴角自然而然的向上揚起，隨即使勁拉平；在察覺到自己還想再跟她說些話的同時，慢慢地騎在回程的路上。

幾天後，因為一大早就開始下雨，所以我坐公車前往鐵路車站。

窗外出現了穿雨衣的書包少年身影。他今天還是拿著四個書包，一面晃著數字『68』一面腳步不穩的走著。我托著臉頰，一直盯著他看。

「喂，新太你跟黑瀨是在交往吧？」

一到鐵路車站，和也就突然一臉賊笑地這麼問我。

「啥？才沒這種事。幹嘛突然問這個？」

「聽說有人前幾天親眼看到新太跟黑瀨兩人正在共乘一輛自行車，想說是不是真的啊？」

「呃，該不會是看錯了吧。」

我連忙否認，和也的嘴角更加上揚了。看來我跟黑瀨在夜晚的那一場祕密會談被同年級的學生目擊了。

「哎呀，我真的很高興，新太的春天也到了啊。」

「就說不是了！」

和也一面在我的背上拍出聲響，一面以輕快的腳步走進車站大樓。

「最近都只有在週末才會下雨，平日已經好久沒下了。」

在通過驗票閘門後，和也很開心的說。他應該相當期待能跟自己思念的雨妹見面吧？

「喔，在那裡在那裡。」

雨妹一如往常一個人坐在月台的長椅上，以望向遠方某處的眼神，一直看著對面的月台。距離電車到站還有五分鐘以上，我照慣例坐在離她稍微遠一點的長椅上，並從口袋裡把手機掏出來。

自從跟黑瀨交換聯絡資訊以後，我們已經互相傳過幾則訊息。不過內容主要都是跟店長的死有關，連一點情調也沒有就是了。

電車到站後，和也跟雨妹有說有笑的搭上車，我則跟在他們後面，在一個空位子上坐下。

「拜啦，小唯！」

我跟和也在離學校最近的鐵路車站下車。和也曾說過雨妹在更過去的女子學校上學，是管樂社的社員，負責吹奏長笛，國中時曾經在全國大賽中登場過。

「我一大早就得到療癒了呀。」

走在鐵路車站到學校的路上，頭上浮現數字『51』的和也心滿意足的笑著。雖然我非常想為他的戀情加油，但這絕對是無法修成正果的。

「你喜歡那女孩的哪一點啊？」

我如此提問，當作是自己跟黑瀨之間的事情受到揶揄之後的反擊。

和也露出滿面笑容，一點也不害臊的直接說了：「當然是全部」。我的反擊失效，意氣為之消沉。

「你可以約她出去玩啊，難道你沒跟她提這類的事？」

我停止揶揄，盡量擺出正經的表情如此問道。我希望他至少可以在剩下的時間中不要留下遺憾，雖然一般來說我不會對人家的戀情出主意，不過和也例外。即使時間很短，我也覺得他應該要跟喜歡的人一起度過才對。

「嗯～～我是想要約，可是也沒什麼時間了。」

「是新人獎的截稿嗎？」

「這也是一個原因，其他還有文化祭等等的事要忙。」

我想起和也在前幾天的班會上獲選為文化祭執行幹部的事。我們班要擺章魚燒攤，由於我在班上算是幽靈人口，因此當然沒人叫我去幫忙。再加上我還要去賣文藝社的社刊，和也或許是考量到這個狀況，免除了我在班上的工作。

一到學校開始上課，我就毫不猶豫地打開了特別帶來的文庫版書本。我帶來的是一本幾年前曾改編成電影的青春奇幻小說，偶爾我也會想看這一類的故事。閱讀奇幻小說會讓我心情雀躍，可以什麼都不用想，單純在作品世界中享受樂趣。當我對現實世界感到疲倦時，還是會伸手拿一本過來讀的。

因為之前看過電影的關係，劇情很流暢的進入腦海。明明只是用眼睛沿著文字向下掃去，腦中卻浮現鮮明的影像。我翻頁的手沒有停下，一頁頁迅速地翻了過去。

雖然這本書有四百多頁，但我在第三節課上到一半時就看完了。儘管早已知道結局，我依舊感動至極，內心情緒高漲。

果然還是小說好。光是沉浸在故事裡，就可以忘掉頭上的數字。我認真心想，在剩下的時間就當個家裡蹲，一心一意地讀小說好像也不錯。

「抱歉新太，今天我有事，就不去社團活動啦。」

我在放學後要前往社團教室時，被和也叫住。他最近好像真的很忙，昨天也是因要跟同學討論文化祭的事而沒來社團活動。

「我知道了，拜啦。」

我揮了揮手向和也道別，這回就真的走向社團教室了。在路上，我發現同樣也朝社團教室方向前進的黑瀨背影。

原本我小跑步衝向前去想出聲搭話，但我突然回想起一件事，並將腳步停下。

——不要在社團教室以外的地方跟我說話會比較好。

我記得黑瀨這樣說過，只好無奈的跟她保持距離，直到走來社團教室為止。

因為黑瀨去了洗手間，我就先走進社團教室。就在我從書架上隨手拿下一本書坐在自己位子上的時候，黑瀨走了進來。

「咦，你今天不用打工嗎？」

「嗯，不用。」

「這樣啊。」

黑瀨邊說邊在椅子上坐下，接著她並沒有看書，只是望著虛空。

「妳在做什麼？」

我忍不住發問。明明是來參加社團活動，她卻什麼都沒做。

「沒做什麼，我只是在發呆，總覺得這裡讓人心安。」

「這個嘛，我懂妳的意思。」

總覺得她還是一如既往的怪。我沒再理她，開始讀書。然而因為手上這本小說是我最看不懂的純文學類型，才讀沒幾頁我就將書本闔上了。

「店長，還有四天吧？」

還在望著虛空的黑瀨低聲這麼說。按照預定時間，店長四天後就會死。

「結果妳決定好怎麼做了嗎？」

「嗯，今天我就是想跟你講這件事。」

深呼吸一回後，黑瀨繼續道：

「一旦過了晚上十二點，會發生什麼事情我們都不知道。所以，在店長工作的期間，我會在先前那座公園監視。」

我不懂她的意思。因為店長是上大夜班，所以要監視就得從深夜盯到一大早。我以為黑瀨應該在開玩笑，但她非常認真。

「從那邊的公園，可以看到便利商店。只要用雙筒望遠鏡，就看得清店長的身影。因為先前我已經確認過，所以如果發生異常狀況就能馬上應對。」

我開始頭暈了。看樣子她似乎是認真的，如果真要做的話，就請她一個人進行吧。

「當然，你也會來協助我的，對不對？」

「……這件事，我可以拒絕嗎？」

她說出來的話讓我打了陣冷顫。雖然我刻意等了一會才回答，不過黑瀨的表情還是肉眼可見地蒙上了黑影。

「我不想強迫你。可是，如果你能幫忙的話，我會很高興。」

「妳的意思是要守著店長一整晚吧？怎麼想都有難度啊，現在天氣這麼冷、人又容易打瞌睡，如果被發現的話，還會被警察移送輔導。」

「只要穿厚一點再披上毛毯就可以了。我們還可以輪流睡覺，而且那邊往來行人很少，只要坐在公園深處的長椅上，天色那麼暗，不會有人發現的。」

就算我開口問她為什麼要做到這種地步，她大概也會回答：「因為我覺得自己有這份力量，就是為了要救人」，所以我就沒問了。

「再說過了晚上十二點剛好是星期六，就算不特別跟學校請假也沒問題。」

「可是，如果他在值班時沒出任何事的話，之後又要怎麼辦？」

黑瀨發出一聲「嗯～～」，視線開始游移並陷入沉思。假如沒有加班的話，店長會在上午九點下班，由於他是騎車通勤的關係，因此最後一定會騎摩托車回家。很有可能會在白天睡覺，然後在剛過晚上九點的時候又來上班。也就是說，如果店長是在自己家身亡的話，我們完全無能為力。

「因為怎麼樣我們都沒辦法進到店長家裡面，所以我們要監視的只有他上班跟行動的整個過程。」

「就算妳說要監視行動的過程好了，店長騎摩托車，我覺得用自行車追是行不通的。」

「這點沒問題。因為我知道店長的家在哪，騎自行車花不到十分鐘。」

這件事她應該已經調查過了。至於她怎麼知道，我已經錯愕到無心去問了。

「只要搶在前面確認店長平安回家就算任務結束。這件任務一完成，新太就可以回家了。」

「……我知道了。」

「總而言之，我們可以做的事情，我覺得就是要做下去才好！做了行不通才可以認為是無可奈何。如果順利的話，說不定就可以救店長的命。更何況有人說過『不做就後悔一生』呢。」

面對眼神閃閃發光說出這些話的黑瀨，我一瞬間怦然心動。她外表看起來高冷，內心卻十分溫暖。如果跟她通力合作的話，說不定真的可以做到。雖然這樣的情緒開始一點一滴湧上心頭，但我很快就改變想法——

「不過以我的情況來說不是『一生』，而是後悔五十六天啦。」

我用自虐的口氣說完這句話，黑瀨就失落的低下頭去。今天早上我看到自己的數字是『56』，這才發覺時間已剩不到兩個月了。

作戰會議到此結束，我開始讀書，黑瀨則開始打掃社團教室。

宣告社團活動結束的鐘聲一響，黑瀨便先行離開。

我站在窗戶旁邊抬頭仰望染上橙色的天空，陷入了煩惱。

在搶救店長大作戰的前一天，我在學校上課結束後先回家一趟，換上便服再前往打工地點。

在那一天之後我跟黑瀨聯絡了好幾次，對細節進行討論。老實說，個人覺得整個計畫可說是有勇無謀，而且未免也太蠢；但她的意志十分堅定，即使我試著要翻盤，她也聽不進去。

黑瀨今天應該不會去社團活動，而是先行回家。儘管她說要先去補眠，好為計畫做準備，可我心想她最好就這麼睡過頭，然後讓作戰中止算了。即便店長死掉我也會很難過，但由於這是命運，因此也無可奈何。雖然我是個無神論者，不過我一直相信去救一個本來命中註定要死的人，絕對會遭受天罰。

神啊，我跟黑瀨沒有瓜葛，只是她的一個小跟班，全都是黑瀨不好。所以，請饒過我吧。

我在這個時間點自顧自的如此向神祈求。

我抵達便利商店時，發現店長已經來上班了，不禁驚訝到差點忘了呼吸。

「喔，望月，田中好像有點感冒，所以我只好早點出來啦。」

店長苦笑著這麼說。在他說出這句「哎呀～～真是敗給她了敗給她了」的時候，頭上的『1』也跟著他的笑聲一起搖晃。我心想那個日子終於就要到來了，內心又一次感到痛苦。

不管是跟店長工作還是對話，今天都會是最後一天。一思及此，心情就沉重不已。

「望月！收銀櫃檯拜託你了！」

這聲呼喊讓我回神。收銀櫃檯不知何時已有四組客人在排隊，我連忙前去接待客人。

我以熟練的技巧逐一應對每一組客人。我記得香菸的牌子，連公用事業費用的繳納也毫無問題的搞定。至於貨物寄送作業，我也用流暢的動作巧妙處理。我不禁誇讚自己，原來自己已稱得上是還過得去的戰力了。

這排隊伍的最後一組客人，也是把兩個巧克力點心放在收銀櫃檯上的人，就是黑瀨。

「妳為什麼在這？不是去補眠了嗎？」

為了不讓正在雜誌專區變更商品配置的店長聽見，我悄聲說道。

「我等一下回去馬上就會睡。店長今天很早來耶。」

黑瀨在說話的同時也朝店長瞥了一眼。

「全黑的。」

我沒問是什麼東西。她指的應該就是店長背後的黑霧吧。根據她的說法，死期越近顏色就會越深。

「那麼晚點見。」

給我一個巧克力點心之後，黑瀨就離開便利商店。

「那孩子，望月認識啊？從以前她就滿常來買東西喔。」

完成手邊工作的店長目送黑瀨的背影隨著自行車離去，以感慨頗深的語氣如此說。

「呃，我跟她是同一個社團的。」

「這樣啊。那孩子，以前還這麼小，已經長那麼高啦？」

店長將他的掌心向下，擺在已經發福的腰部旁邊，比了比黑瀨以前的身高。因為她是這家便利商店的常客，連店長都對她的臉有印象了。我回了一句「原來如此」，就先退往後場。

在存貨堆積如山的後場內，我蹲下身去並將手貼在額頭上。沒有發燒，可是每當店長的數字映入眼簾，我的內心就不斷刺痛。明明他的死不是我造成的，但不知為何，我受到罪惡感的衝擊，開始無法站穩。

「望月？你沒事吧？」

蹲了幾分鐘以後，店長察覺到我的異樣，衝來我身旁。

「……我沒事。」

「你的臉色很差，稍微休息一下沒關係的。」

店長頭上的數字居高臨下，彷彿在對蹲下去的我施加威嚇，相當可怕。

「那麼，我就休息十分鐘。」

「嗯，我知道了。」

我順從店長的好意在休息室裡休息。一坐到椅子上，店長就拿了一杯原本是商品的熱可可過來，喝下熱可可後，我舒服了不少。

我一旦跟看得見生命期限的人扯上關係，就會因感情用事而無法直視對方。尤其這回還是我打工地點的上司，那就更不用說了。我想等到和也死期將近的時候，自己一定會更加痛苦，光想就覺得害怕。

因為對店長感到不好意思，我把熱可可喝光，身體也舒服一點之後，沒等十分鐘就回來繼續工作。

「望月，你已經沒問題了嗎？如果狀況不好的話，直接回家也沒關係喔。」

「不用，已經沒問題了。喝過可可以後就好多了。」

店長露出笑容說了一句「這樣啊」，便再度開始進行手邊的工作。那一如往常溫暖柔和的笑容，讓我頗感孤寂。

時間已經到了晚上九點，我的班還有一小時就結束。店長持續動作，中間毫無休息。因為前一批客人已經走得差不多，所以我開始清理地板。

在我這麼清理了一段時間後，店長用溫柔的口氣對我說：

「望月，你看來已經很習慣了呢。也快一個月了吧。」

「說的也是。這份工作比我想像的還辛苦，我太小看它了。」

店長很開心的笑著說：「這樣啊這樣啊」。他的臉上笑出了皺紋，也讓我很自然的露出微笑。

「我學生時代的第一份打工，也是在便利商店喔。」

「這樣呀？所以您就這樣升上店長了嗎？」

「這個嘛，在我就業失敗，十分沮喪的時候，我當時工作的便利商店老闆聘請我擔任正式職員。順帶一提，那時候一起工作的打工夥伴就是我現在的太太。」

店長一面靦腆的搔著頭一面笑著說。不知道自己明天就會死的他，那開朗的笑容實在讓人無法不同情。

「不好意思，我可以問一個怪問題嗎？」

「嗯？可以啊。」

我緊握著拖把的握柄，深呼吸一口氣之後開口。

「對店長來說，活著是什麼呢？」

我以為一定會被笑，就連我自己都覺得這問題很蠢。然而店長沒有嘲笑我，以認真的表情陷入沉思並發出低吟聲：

「嗯～～這個問題滿難的呢。我在望月這個年紀的時候，也曾經想過這種事。」

「……抱歉，我問了怪問題，請忘了吧。」

就在我說完這句話，準備繼續拖地的時候，店長叫住了我。

「雖然可能是很老套的答案，不過我活著是為了自己重視的人。為了太太跟將要出生的孩子，我每天都可以努力活下去。像這樣為了某個人而活，應該也算是挺有意義的。喔，好冷。」

店長說完這番話，就搔了搔臉頰，以自虐的神情笑了。確實聽起來有點冷，而且也會讓人覺得只是漂亮話。

「為了某個人……嗎。」

「嗯。望月應該也有重視的人才對？像是家人或朋友、情人之類的。」

「家人跟朋友我都很重視。可是，我並不想為了某個人而活。我不想為某人盡心盡力到把自己都賠進去，那不過就是在浪費時間。就算為別人而活，死的時候也只有自己孤零零一個人而已。既然這樣，我想要為自己活。」

我不自覺情緒激動起來，劈哩啪啦地快速講了一堆話。打算為了其他人而活的店長，到了明天，就要拋下對方獨自死去，我覺得這太滑稽了。我是真心這麼想，就算為了別人而活，自己到頭來還是什麼也留不住。

「就算是為自己活也可以喔。為自己活，其實也算是為了某人而活。」

店長這句話，我無法理解。

「為了別人存在的人生才有價值。這是愛因斯坦的銘言，不過我也是這麼想的。」

「為了別人……」

我才喃喃自語沒多久，就有客人走進店裡來了。

我雖然高聲喊出「歡迎光臨」，但還是比店長小聲，完美地被他的聲音蓋過去了。我沮喪的低下頭去，在店內一角一個勁的清理地板。

「時間差不多到囉。望月，你可以下班了。」

當我完成店內清理的時候，店長在收銀櫃檯的後方出聲這麼說。時間已經來到了晚上十點。

「請問……我可以就這樣繼續幫忙夜班嗎？明天我不用去學校。」

我以不期不待的心態試探性詢問。跟在夜晚的公園中監視到清早相比，繼續工作到白天還好得多。

「雖然謝謝你的好意，可是因為法律規定未滿十八歲的孩子不得工作到晚上十點以後，所以這個有點難辦耶。」

店長以一副過意不去的神態搔了搔臉頰。既然對方都這麼說了，我也只好放棄。

「……我知道了，那我回家。」

我打了卡，在更衣室換好衣服。我跟黑瀨約好晚上十二點在公園見面，所以還有一點時間。我對媽媽瞎掰了一個理由，說今天打工結束後會直接住在朋友家，也得到同意。

「店長，可以讓我在休息室休息一、兩個小時嗎？身體有點不舒服。」

我走到店內，對店長問道。我想再撐一下，休息到晚上十二點。

「這是沒關係啦，不過你沒事吧？需要跟你母親聯絡嗎？」

「不用，我沒事。我想稍微睡一下就會好了。」

「這樣啊？既然如此，你就好好休息吧。」

我鞠躬說了句「真是謝謝您」，便回到休息室，整個人趴在狹長的桌子上補眠。可能因為很累的關係，我一下子就睡著了。

「望月，你沒事吧？要我聯絡你母親過來接你嗎？」

我突然驚醒，店長則一臉擔心的俯視著我。

「望月？」

「啊，抱歉，我沒事。睡了一覺感覺舒服多了，我要回家。」

店長在臉上笑出了皺紋，說了一句「這樣啊這樣啊」就走回店內。數字『0』在他的頭上跟著搖晃。

我看到他頭上的數字，發覺自己已經睡過晚上十二點，連忙對手機進行確認，發現有六則訊息跟兩通未接來電，我瞬間慌了起來。

因為這些通知都來自於黑瀨，我連忙離開便利商店並前往約好要見面的公園。

「啊，你終於來了，馬上就要一點了哦。」

當我抵達公園時，坐在長椅上用褐色毛毯把整個人裹在裡面的黑瀨有些生氣的說。

「抱歉，我在休息室補眠，結果睡過頭了。」

我在這麼說的同時也坐到長椅上。黑瀨事先帶了兩件毛毯過來，並將其中一件拿給我。對於總是給我巧克力、送我營養飲料的她這份若無其事的溫柔，我真心感到高興。不過我有些後悔，不管怎麼說，在十月中旬光靠一件毛毯果然還是有點撐不住，應該要穿厚一點過來才對。

「目前沒有異常。」

黑瀨用雙筒望遠鏡觀看便利商店。可能因為這裡是住宅區又在這個時間的關係，完全沒有人車通過，周圍詭異的寂靜。

「用那個看得到店長嗎？」

我對拿著雙筒望遠鏡一心一意觀看便利商店的黑瀨出聲發問。雖說我補過眠，但如果不說點什麼的話，又會很想睡。

「看得到哦。現在，接待客人中。」

我只能回一句「是這樣啊」，對話也無法繼續。儘管心想如果有帶本書過來就好了，不過一想到這麼暗也沒辦法讀便覺得算了。

我覺得這樣下去會睡著，於是就問了黑瀨一件先前便一直很在意的事：

「話說回來，妳之前說過在學校不要跟妳說話，那是什麼意思？」

黑瀨雖然沉默了一小段時間，不過可能是覺得無法閃避了吧，她還是先輕嘆一口氣才靜靜開口道。

「我國中的時候，其實沒隱瞞自己看得見死亡這件事。」

「……然後呢？」

「我會直接跟身上有黑霧的人講『最近你會死，所以要小心點哦。』結果大家都覺得我很噁心，進而遠離我。連父母親也一樣，說我像惡魔……」黑瀨以低落的聲調這麼說。

如果匿名的話也就算了，為什麼要在現實世界講這種事啊？我就是因為害怕會這樣，才會只敢在網路中說出來。她身邊的人會這樣也是理所當然的，不管怎麼想都是黑瀨不好。我無法老實說出自己的想法，只好等待她的下一段話。

「我的班上，有一個跟我念同一所國中的女孩子，她散播一些子虛烏有的事，要大家不要靠近我。不過，這都是我不好。因為這是我自己種下來的果，所以會這樣也是沒辦法的。」

雖然我很想說確實是妳不對，不過現在可不能這樣講，於是我保持沉默。

「可是，國中的時候就有一個人相信我的話。她是隔壁班的女生，而我在那個女孩的背後看到了。」

「黑瀨跟那個女孩是怎麼說的？」

「她的名字叫圓佳，我跟她說妳最近會死，要小心意外事故。」

「然後呢？」

「她是這麼跟我說的：謝謝妳告訴我。」

我覺得那個女孩是怪咖。或許她只是對靈異話題感興趣，其實並不相信。

「然後妳怎麼辦？」

「我想要幫助圓佳。畢竟我跟她的感情因為這樣好起來了，而且她是第一個相信我的人，所以我絕對不希望她死。」

黑瀨以前曾說她從沒成功救過人。繼續聽她講下去會讓我心情沉重。說實話，我不想再聽下去了。

「因為我不知道圓佳究竟什麼時候會死，所以曾經傳訊息給Sensenmann，你不記得嗎？不過沒有回應就是了。」

「……對不起。」

其實我知道黑瀨傳過這則訊息，可因為那個女孩頭上沒有浮現數字，所以我沒有回應。由於當時我並沒有頻繁開推特，因此等我看到訊息時，那個女孩恐怕已經亡故，數字也就消失了吧？

「我並沒有怪你。因為救不了圓佳，是我害的。圓佳是在我眼前過世的。」

「是意外事故還是什麼？」

氣氛越來越沉重，我不自覺脫口發問。突然柳樹在陣風下搖曳，樹葉發出沙沙聲響。

「自殺。」

「……這樣啊。」

我後悔了，果然還是不問比較好。儘管想換個別的話題，但總覺得太過不自然，導致說不出話來。

「我沒有注意到圓佳一直遭受霸凌的事。明明看得見人的壽命，我卻完全看不到關鍵的重點。」

我無意間將視線移向黑瀨，看到她正在流淚。我用黑暗當理由假裝沒發覺。

「『雖然我沒相信過，不過妳這力量是真的』，圓佳說完這句話，就在我眼前從學校屋頂上跳下去了。」

「……這樣啊。」

「所以，我已經不想再看到朋友死在我眼前了。我絕對要救你跟和也，當然，店長也要救。」

說完這段話的黑瀨像是想起了什麼，又拿著雙筒望遠鏡觀看，並低聲說了句「沒有異常」。

「妳不用救我也沒關係，因為我已經決定了。」

因為我覺得就算不說意思也到了，所以我沒說自己決定了什麼。

「為什麼？明明知道自己什麼時候死卻完全不逃避，會有這種人嗎？我怕死，辦不到。」

「有這種人啊，就在這裡。我記得以前就說過，我已經決定不去關心人的生死了，更何況只讓自己可以得救也太自私。害怕當然有，不過我一直認為這就是我的命運，所以也是無可奈何的。」

過往曾多次見死不救的自己，是不允許去思考如何活久一點的。我已經接納自己死期將至的事實了。

「可是……」

「夠了，不要再講了。」

我把毛毯蓋到自己頭上，硬是讓話題結束。

之後有將近一個小時，我們兩人都默默的持續監視店長。話是這麼說，不過用雙筒望遠鏡觀看的人只有黑瀨，我則是用手機在讀電子書。為了保持清醒，我買了恐怖小說，但似乎恐懼心理還是贏不了睡眠欲望。我一面死命與睡魔搏鬥，一面逐字閱讀。

然而眼皮依舊愈發沉重。黑瀨不知何時把耳機插進耳朵裡，可能在聽音樂吧？我在意識中斷前最後一刻，看到了黑瀨正配合節奏輕快搖頭的身影。

摩托車的聲響讓我睜開眼睛，四周略顯明亮。儘管還看不見太陽，但這一天明顯即將隨著東方魚肚白揭起序幕。

空氣冷到讓我渾身顫抖，我拿起滑落下去的毛毯把自己裹好，身體縮成一團。原本發出豪語要監視店長到早上的黑瀨，也將連帽外套的帽子拉到遮住眼睛，抱著雙腿在長椅上睡著了。

我把快要從她手上掉下去的雙筒望遠鏡拿起來，對著便利商店望，確認了店長在店內各處行走的身影後，鬆了一口氣。

手機螢幕上顯示時間是五點二十分，離店長下班還有三個小時以上。外出的人越來越多，繼續這麼睡下去的話應該不太妙。

重點是全身上下都在痛，可能是因為我睡著時姿勢很奇怪的關係，疲勞完全無法恢復，頭腦異常沉重，體力也快消耗到極限。

「黑瀨，喂，黑瀨！」

我搖動黑瀨的肩膀後她睜開眼睛，正當我以為她要將身子撐起來的時候，黑瀨又抱著雙腿「砰咚」一聲躺下去睡回籠覺。她可能不太容易早起吧，之後不管我叫多少次都沒醒來。

完全清醒過來的我把自己的毛毯蓋在黑瀨身上，走向便利商店。

「早安。」

「咦？怎麼了望月，這麼一大早就來。」

我走進店裡，店長瞪大眼睛並停下動作。他剛好在擺設麵包類的商品。

「我早上出來散個步，最近運動量有點不足。」

我編了一個煞有介事的理由糊弄過去。店長說了一句「這樣啊這樣啊」，並微笑起來。數字『0』在他頭上晃動，像生怕我看不到似的。

「望月，你的身體已經沒事了吧？今天你也要上班嗎？」

「是的，我已經沒事了，今天我也要上班。」

「這樣啊這樣啊。如果田中今天也請假的話我就要來了。」

「……是的。」

我借了洗手間之後，因為口渴買了熱茶跟熱可可，然後回到公園。一名帶狗散步的阿姨，正以一副隨時要脫口說出「哎呀」的表情看向睡在長椅上的黑瀨。在阿姨眼中，黑瀨搞不好就像個離家少女。

「黑瀨，妳再不起來的話，差不多就要出事囉。」

我把熱可可擺在她臉前。黑瀨突然起身，在確認四周之後將身子縮成一團。

「因為冷，所以我買了這個過來。」

她用沙啞的聲音說了一句謝謝，伸手把易開罐的拉環打開，接著將那罐可可咕嘟咕嘟的喝下去，吐了一口氣。

「……店長呢？」

突然想起這件事的黑瀨看著我發問。在我回答以前她就一把抓過雙筒望遠鏡，往便利商店望。

「……太好了。」

確認店長平安無事的黑瀨舒展了原本緊鎖的眉頭。雖說這不代表店長的狀況有了變化，因此也絕對談不上好，但如果店長在她睡著時死掉的話，應該會讓她大受打擊。宛若安心下來的黑瀨全身虛脫，將重心整個落在椅背上。

「之後要怎麼辦？」

「在親眼看到店長平安回家以後就解散。因為新太有打工，他上夜班的時候我一個人看沒有問題。另外，我要去洗手間。」

黑瀨把毛毯交給我，往便利商店小跑過去。

幾分鐘後她回來，給了我一個菠蘿麵包，應該是可可的回禮吧。

「謝謝。」

我吃菠蘿麵包，黑瀨則啃著奶油麵包，我們持續監視。

「我差不多要走了。」

上午九點一到，黑瀨就說了這句話，並將兩件毛毯塞進大背包裡面。然後她騎上停在附近的自行車，離開公園。

由於店長騎摩托車行動，因此黑瀨打算先到中間的地點等候。她曾說因為不知道會在哪裡發生什麼事，所以即使是一瞬間都不能讓眼睛從店長身上離開。

我等了差不多十五分鐘以後，看到店長從便利商店出來。我先聯絡黑瀨，隨即開始跟蹤店長。

不過應該說是理所當然嗎，用自行車去追摩托車真的很困難，我一下子就跟丟了。總之我騎著自行車，朝事前從黑瀨那邊問到的店長家方向駛去。

在我進入住宅街時，捕捉到黑瀨的身影。她騎在自行車上，視線一直對著店長家。

「店長呢？」

我將自行車停在黑瀨身旁，出聲詢問。

「他平安回家了。我們可以做的事情，就暫時到這邊告一段落。」

我放心嘆了口氣。然而這不代表店長已經得救，所以還不能高興。我在這裡跟黑瀨道別，回到自己家。

我在床上醒來的時間，是下午四點二十分。因為是非得要馬上起床離家不可的時刻，我連忙從床上跳起來，連睡亂的頭髮都來不及整理。

其實在那之後我沖了一個澡，就用全身去感受自己房間床鋪的舒適，同時直接像昏倒一樣睡著了。

我換了衣服衝出家門，前往便利商店。在心想店長應該還活著的同時也死命踩著踏板。

每當踩踏板的時候身體關節就開始痠痛，緊繃在背後的疲勞感也還沒恢復。我奮力運動這具隨時像要發出聲響的身軀，以站立姿態踩下踏板急速騎向打工地點。

在我抵達便利商店時，田中已經比我先來一步了。

「田中，妳的感冒已經好了嗎？」

「是的，因為燒退了所以已經好了。等店長來我一定要先跟他道謝。」

「……說的也是。」

恐怕田中沒辦法跟店長道謝了。我什麼也沒想，機械式的開始工作。

我偷藏在口袋裡的手機發出響聲，已經是晚上九點的事了。平常這個時間點店長差不多已經來上班了，但他還沒來。在確認店內沒有客人後，我退到後場。

「喂。」

一接起電話，黑瀨沉重的聲音就傳過來：

「怎麼辦，現在，店長家前面有救護車來了……」

「……這樣啊，我知道了。」

雖然黑瀨一面哭一面繼續說了些什麼，但我只說了這句話就把電話掛斷了。

我在店內一角開始清理地板。默默的咬著嘴唇，一心一意的動著拖把。

「店長，今天有點晚呢。」

在收銀櫃檯補充十日圓硬幣的田中低聲自語。我依然沉默，繼續清理地板。

「店長偶爾也是會出槌的啦，他一定是睡過頭了。」

「……原來是這樣啊。」

我把聳肩說笑的田中留在店內，再度退到後場。

上。

我又跟幾天前一樣，在存貨堆積如山的後場內雙膝一跪，像抱著自己肚子一般蜷伏於地面

你沒事吧？那位會從背後出聲問我的店長，一定已經不在人世了。那張會笑出皺紋的開心面容、以及那隻會使勁拍打在我背上的溫暖手臂，也都從這個世界上消失了。

口袋裡的手機再度震動。一定是黑瀨吧。我沒管手機，只繼續蜷伏在地，讓眼淚沾溼地板。

事後我從田中那邊聽說，店長是在自己家的臥室裡身亡的。似乎是由於過勞導致的心肌梗塞，第一目擊者是因為已到上班時間店長卻未起床，於是前往察看情況的妻子。雖然馬上叫了救護車，但為時已晚。

果然如我所料，不管做了什麼，結果都是沒有意義的。曾經還抱著一絲希望的自己實在慘不忍睹，這件事又再度讓我深刻領悟到，去插手他人的生死是不應該的。

我對應該還在傷心的黑瀨傳送了店長的死因跟安慰的訊息，不過她沒有回應。

沒能救到店長所帶來的打擊應該相當大吧，黑瀨這個禮拜一直都沒有來學校。

「黑瀨是出了什麼事嗎？」

在文藝社的社團教室裡，數字『42』緊跟在頭上的和以擔心的語氣低聲說道。

「誰曉得，我不知道。」

我裝出一副一無所知的表情如此回答。儘管我傳訊息給黑瀨好幾次了，可都沒有回應。

「啊，對了，我從明天開始到文化祭結束都不會來社團活動。」

「咦，怎麼啦？」

「你知道的，我是執行幹部，有各種事要忙，而且小說的截稿日也快到了，所以我都會在咖啡廳寫到很晚。」

「這樣啊，我知道了。」

時間過得很快，一個禮拜以後就是文化祭了。

「啊！這麼說來，文藝社的社刊要怎麼辦啊？」

忽然想起這件事的我大喊出聲。雖然忙爆的和也拜託我作社刊，但因為店長的事跟打工的關係，我完全忘掉了。

「啊啊，這件事黑瀨已經在處理了。」

「咦，是這樣嗎？」

「她好像說你這幾天在打工，所以就幫我們作社刊了。雖然因為她現在沒來學校所以不知道進度狀況，不過我也把短篇小說的電子檔案交給她了，大概不會有問題吧？」

視線依舊對著筆記型電腦的和也，單手拿著從自動販賣機買來的可樂這麼說。應該是在便利商店買來的油炸類點心，隨處散置在桌上。

「啊～～是這樣啊，那麼我不用做任何事也可以吧？」

「你來幫忙印刷跟裝訂比較好。因為預計要做三百本，她一個人做會很辛苦。」

雖然我心想兩個人做還不是一樣辛苦，但繼續加重和也的負擔也不太好，於是便把話吞了回去。

「很好，今天我要回去了。新太你怎麼辦？」

「我也要回去。我想去外婆那邊探病。」

我們兩人一起離開社團教室走向鐵路車站，各自搭上不同的電車。

我從外婆所住的醫院電梯走出來，前往位於四樓的病房。路上有一處交誼廳，我無意間將眼睛停留於一位坐在靠窗戶位子的少女身上。

那個頭上浮現數字『45』的少女，正將速寫本攤開，在桌面上畫畫。她應該就是上回我來探望外婆時看到的少女。

雖然我滿在意一個剩下一個半月就會死的少女在畫什麼樣的圖畫，不過連搭話藉口都想不出來的我，最終依舊沒有停下腳步，繼續走到外婆的病房。

「哎呀，歡迎你來。」

我走進病房，看到外婆把她剛剛在看的厚重書本闔上，並對我溫柔微笑。我會那麼愛看書，應該是外婆遺傳的，從小我就一天到晚借書來看。

「那本是什麼書呢？」

「這是法國作家寫的，有關愛與復仇的故事哦。」

「這樣啊。」

外婆先摘下老花眼鏡，再從病床旁邊的置物櫃裡拿出我熟悉的餅乾。因為外婆是個不太會吃點心的人，所以她會去販賣部買糕餅點心給訪客吃，我也毫不客氣伸手拿了餅乾就放入口中。在響起一陣令人感到舒適的咀嚼聲後，我又拿了一片餅乾塞進嘴裡；外婆則以充滿慈愛的神情，在一旁看著我用餅乾把嘴巴塞滿。

「話說回來，新太你開始打工了吧？我聽由美子說了，你好厲害。」

「啊啊，還好啦。畢竟我是高中生了，打工這點事還是會做的，一點也不厲害啊。」

我想起先前來探望外婆的時候，並沒有說到打工的事。至於店長身亡以及自己跟公司本部派遣過來的新店長處不來的事，我就先隱瞞不說了。

「學校怎麼樣？還開心嗎？」

「嗯～～普普通通。雖然下禮拜有文化祭，不過坦白說好麻煩，不想參加。」

「不可以說這種話，開心去享受不是很好嗎？」

外婆依舊微笑，以規勸小孩的語氣如此說。雖然被媽媽當小孩子看待會讓我一肚子火，但不知道為什麼，如果是外婆的話就可以接受。

「你只要能夠每天活得開開心心的，外婆就很高興了。」

要在一段明知時日無多的人生當中過得開心，老實說有點難。自覺沒法回應外婆期待的我，有點過意不去。

「這個嘛，我會試著去多方努力啦。」

「就算不勉強努力也無所謂。到頭來，還是平凡的人生最好。只要每天健康幸福活到長命百歲，外婆就很高興了。」

「……嗯，是啊。」

我的內心一陣刺痛。外婆在講述我的將來時表情有些耀眼，讓我不自覺將眼睛望向別處。

「至少你得要活到比外公過世的歲數久啊。」

「外公……」

聽說外公在我出生以前，年紀輕輕才三十九歲就在一場意外事故中過世了。媽媽曾說，他是一個自私且小氣的人。以前一到中元節我就會跟媽媽一起去外公墓前祭拜，但不知從何時開始也都不去了。媽媽每次去墓前祭拜的時候都會對外公發牢騷。從小聽慣這些話的我，對外公的印象也不怎麼樣。

「我差不多要回去了。外婆，您多保重。」

「外婆還不會死，沒問題的。謝謝你過來看我。」

看不見壽命的外婆，至少可以活三個月以上。儘管醫師說餘命半年，但她已經活超過醫生說的期限了。我死掉以後，心胸寬闊的外婆應該還可以再活好幾年吧？我在內心期待此事成真，並離開病房。

在前往電梯的路上，我通過交誼廳前方。不過那個畫畫的少女已經不在那裡。

離開醫院以後，我才發現黑瀨有傳訊息過來。

「我復活了，所以明天開始我又會去學校。給你添麻煩了。」

她還一起送了一張哭叫「對不起」的兔子貼圖過來。

我送了一張豎起大拇指說「ＯＫ」的狗狗角色貼圖回去，悄悄將手機收進口袋裡。

第二天上課時，我還是偷偷的在看小說。我在翻頁的同時，又一次覺得坐在最後一個位子真是太好了。

今天我看的是一篇以家庭親情為主題的人文故事。小時候父親去世，於是與母親兩人相依為命的主角處境跟我很像，讓我不自覺地將情感投射進去。這本小說的風格有些懷舊，令人感到相當溫馨。

因為結果第三節課書就讀完了，所以我一到午休時間就急著把便當吃光，走一趟難得在這時候去的文藝社社團教室。我想挑選下午要看的書。雖然去圖書室找其實也可以，但那裡沒有的書在社團教室裡會有。為了尋找那樣的書，我走了一大段路。

「咦，妳在做什麼？」

黑瀨在社團教室裡。她將餐巾攤開在桌面上，正一個人吃便當。

「我在吃午餐。」

看也知道。我問這句話的意思是，為什麼妳要特地在社團教室吃午餐啦。

「……妳一直都在社團教室吃便當嗎？」

「嗯。」

「這樣啊。」

我刻意不去問理由。記得她在班上一直是被孤立的。

為了達成目的，我在書架上挑選要在第五、六節課閱讀的書。在眾多書籍當中我伸手拿了一本科幻（ＳＦ）小說，在厚度上剛好薄到可以在下午的兩個小時內讀完。

因為還有時間，所以我就在社團教室裡讀書。我想先看一下開頭，如果無聊的話就再換一本。

「文化祭那一天……」

我一坐到位子上，黑瀨便開口說。

「怎麼了？」

「由於班上在我請假的時候擅自決定，要我去顧店；因此社刊販售的工作，上午的時候可以拜託新太幫忙嗎？下午以後我也會衝回來賣的。」

「這倒是沒有什麼關係啦，不過黑瀨的班上要做什麼呢？」

「聽說要弄鬼屋。」

「鬼屋？」我如此反問。她所謂的顧店，是指櫃檯的工作呢？還是去當鬼呢？我想長髮的她如果去當鬼的話，應該會滿有模有樣的吧？

「準備什麼的應該會很辛苦？當天如果我有想到的話會去玩的。」

我把「妳扮鬼應該會很像」這句話吞進肚子裡。

「因為很丟臉，所以你不來也沒關係。應該說，你別來。」

「既然妳都這樣講了，那我一定會去玩的。」

黑瀨一面把上面灑有香鬆的白飯送入口中，一面眼神尖銳地盯著我看。我揮揮手說了句「開玩笑的開玩笑的」，改變話題。

「話說回來，社刊要怎麼辦？雖然都丟給妳做很不好意思，可要是還沒送印的話，應該會很不妙吧？」

「社刊已經快做好了，再來就只剩下印刷跟裝訂而已。」

「真不愧是黑瀨，工作效率真快。」

我說完這句話後，黑瀨的嘴角便扯起一抹笑意。她似乎已經把午餐吃完，開始收拾便當盒。

「我請假的時候可沒有光顧著傷心哦，轉換心情時做這件事剛剛好。」

黑瀨以開朗的表情說道。我原本以為她會因在意自己沒救到店長而憔悴，但她的肌膚看上去相當有光澤，而且表情也很明亮。眼前一如往常的黑瀨，讓我安心了些。

午休時間結束的鐘聲響起後，我們各自回到自己的教室。在回去的同時我心想，明天開始我要不要也來社團教室吃便當呢？

社刊是在文化祭前一天的放學後完成的。昨天我跟黑瀨在學校的教職員辦公室進行印刷，但因為花的時間比想像還多，裝訂就延到今天了。

我一大早就來工作，午休時間也回來進行裝訂作業，直到社團活動結束時間前十分鐘才把三百本完成。雖說是裝訂，但也不是很了不起的工作，只是讓釘書針留在幾個位置而已。由於社費少，因此也只能這麼做。

封面是黑瀨繪製的，是一張穿著制服的少女以安詳的表情讀書的圖畫。這張圖畫也頗具風情，我不禁對黑瀨的才能感到讚嘆。

接著翻到下一頁，上面刊載的是和也在國中時得過獎的短篇小說。身為主角的女高中生小時候父母離異，現在跟母親一起住。而在高中入學典禮那一天，她所搭乘的公車司機竟然是父親。

女主角雖然因過去發生的事而討厭父親，但在公車中發生了各種各樣的事情，讓她的心境逐漸產生變化。這是一篇發生在父女之間、溫馨感人的短篇小品。

雖然我以前已經看過，可是在裝訂時又讀了一遍，還是不知不覺的哭出來了。

可能是覺得光刊載和也的小說無法讓自己滿意吧，黑瀨以文藝社推薦書籍排行榜的形式，新增了幾頁綜合性質的文案，並於其中穿插了幾張她畫的圖增加整本書的分量，讓成品變得相當容易閱讀。

「你們兩個，幹得真漂亮。因為黑瀨特別努力，所以我任命妳當副社長。」

和也在一切工作都結束之後過來，用誇張的口氣說出這樣的話。

「我一直以為副社長是新太。我當副社長沒關係嗎？」

因為我也以為自己是副社長，所以面對突然的降級，不禁苦笑起來。

「當然。順帶一提，我預定要用賣社刊的錢來買新書架跟放在書架上的書，這部分拜託你們啦。」

和也才說完這句話鐘聲就響了。他丟了一句要去固定報到的咖啡廳寫小說，就先回去了。

我跟黑瀨將社刊以幾本一疊的方式分配整理，整理完後離開學校，我又和推著自行車的黑瀨一起走到鐵路車站。

「我說，假設……。」

直到剛才還沉默無語的黑瀨，突然開始說話。

「如果社刊全部賣完的話，我們就一起來救和也，然後新太你也要避免自己的死。這樣子不行嗎？」

我停下腳步轉過身去，原本走在我後面一點的黑瀨也站住了。

「那跟社刊全部賣完有什麼關係？」

「畢竟我不知道光靠自己可不可以救和也，而且我也希望你活下來。」

黑瀨說話時眉梢低低的。她這句話讓我大為震撼，被人家用真摯的目光說希望我活下來，我的內心幾乎就要動搖了。為了不讓她察覺到我的情緒，我以冷淡的口氣反駁。

「呃，這談不上是答案。這麼講吧，如果社刊沒賣完的話，我跟和也就不要違背命運，去死。這樣好嗎？」

黑瀨無法回應，沉默了下來。說到底，這本來就不是靠社刊的銷量可以決斷的事，認為話題已經結束的我快步行走，黑瀨一言不發在後面跟著。

「我說，真的好嗎？」

當車站大樓映入眼簾的時候，黑瀨在我後方提出疑問。

「哪裡好？」

「你真的想死？這樣子真的好嗎？」

雖然黑瀨的說話方式讓我感到惱火，可我也沒有力氣去反駁。因為她是打從心底在擔心我，我不能讓自己在說話時情緒失控。

「我是真的想要死，也認為這樣子真的比較好。」

我沒等黑瀨回應，也不再轉身看她，走進了車站大樓。

——而且我也希望你活下來。

當我回到家在房間裡發呆時，腦中突然響起黑瀨的話語。

第一次有人說希望我活下來，坦白說我很高興，內心也幾乎就要動搖。其實我一開始也不想死，可是思考到最後，還是決定接受命運。已對許多人見死不救的我，還奢望只有自己能逃過一劫，實在太不像樣了。

我從書架上那些擱著還沒讀過的書當中，隨手抽取一本出來開始翻頁。

然而我沒把文字讀進腦袋裡，很快就把書本闔上。就在這時手機響了，我看了一下，發現黑瀨傳了訊息來。

『文化祭結束之後再說也沒關係，我有事要拜託你，可以給我時間嗎？』

我回傳了一句『知道了』，就鑽到被窩裡。

文化祭當天，我頭上的數字變成『38』。

還剩一個月又多一點。死亡已近在眉睫。沒多久，我就將從痛苦中獲得解放，終於可以輕鬆解脫。對我而言除了死亡之外，已經沒有什麼事情稱得上是救贖了。

我在騎自行車前往鐵路車站的路上，發現了那個書包少年。搖晃著數字『50』的他，今天依舊提著書包，腳步不穩的走著。我直接從他身旁騎了過去。

你也只要再堅持一下下。只要繼續忍耐五十天就可以從霸凌中獲得解放，輕鬆解脫。儘管現在很辛苦，但我們互相加油吧。我在心中對少年如此說完，便加速騎向鐵路車站。

和也好像要做一些章魚燒店的事前準備，搭前一班電車走了。當我抵達鐵路車站確認手機時，才看到他傳送「先走了」的訊息給我。

我回傳一句「了解」後，便一個人孤零零的搭上電車。

「啊，早安。」

在我從離學校最近的鐵路車站走出來的時候，背後傳來了我曾經聽過的聲音。我回頭一望，黑瀨正騎在自行車上看著我。她從自行車下來以後就走在我前面，並跟我保持一段距離。

「昨天的事情，拜託你囉。」

黑瀨沒有看我就說話了。我回想起昨天她跟我聯絡的事，她提到文化祭結束之後有事要拜託我。

「就算妳說要拜託我，我也還沒有聽到內容啊。」

「因為現在沒有時間說明，等文化祭結束後再說也沒關係。」

我有不太好的預感。在我回答「知道了」以後，黑瀨說她自己班上正在進行鬼屋的準備工作，就騎上自行車先行離開。

因為我的工作只有在文藝社賣社刊，於是我悠哉悠哉的在上學的路上走著。

學校一大早就很熱鬧，我為了從喧鬧中逃離，急忙來到自己的教室。原本想要在時間到以前看點書，可是教室裡也很吵。

其他同學的高喊聲相當刺耳，讓我完全無法靜下心看書。

鐘聲一響，我就立刻前往一樓的空教室。那裡提供給文藝社與漫畫研究社作為販售空間使用，我這個唯一有空的社員獨自把社刊陳列在桌上，等待客人來臨。

漫畫研究社那邊的空間有氣球跟摺紙花之類的裝飾，相當豪華，而什麼都沒有準備的文藝社這邊則是既樸素又陰暗。

社刊以一本兩百日圓的價格販售。雖然我覺得還滿便宜的，但賣出去的都是漫畫研究社的社刊，我們的社刊過了兩小時才賣了十本左右。我有點後悔，早知道事情會這樣，昨天就該答應黑瀨主動提出來的賭局。

黑瀨一到下午便趕過來幫忙賣社刊，結果我光看到她的臉，就被她的滿臉黑青嚇到了。她的嘴角甚至還沾著血。

「妳臉怎麼了？」

「我扮殭屍。」

我想也是。但為什麼她居然就這麼化著殭屍妝走過來呢？真的是一個不可思議的傢伙。

「把妝洗掉不是比較好嗎？」

「因為班上要我一個小時後趕回去，所以這樣子就好。」

黑瀨一臉了無生氣地這麼說。可能是因為化妝的關係，她的臉色相當難看，所以說不定只是表情沮喪而已。

「哇啊，殭屍在賣社刊。」

「好可怕！」

儘管可以聽到這樣的聲音，不過黑瀨反而為此飽受注目，客人逐漸聚集過來。也有「好可愛」、「好像哦」之類的聲音傳出，甚至有人一出現就說要跟黑瀨合照，我只好心不甘情不願的去當攝影師。

「果然只有新太一個人是不行的，我來了之後就賣很多了！」

情緒比平常還要高亢的黑瀨，將她那鮮紅的唇角撇起來這麼說。應該是有人散播了殭屍賣社刊的流言，自從她來了之後，社刊就賣了五十本以上，讓我不禁在意起自己的無能。

平常總是一臉淡然的黑瀨，似乎對自己被捧上天也不怎麼排斥。看著她應對客人時那討喜的身影，我有些心動。

她一邊說著「真是謝謝您」，一邊對來往的眾人露出端莊的笑容，為原本樸素的販售空間增添了不少色彩。把我這個現職便利商店店員擱在一邊，以完美姿態應對人群的身影實在相當耀眼，我看著看著就入迷了。

「新太，你可以休息一下，我一個人忙也沒關係。」

「嗯，我知道了。」

我順從她的話，將椅子移動到教室一角，休息了一陣子。順道在心中感嘆，明明是僵屍，黑瀨接待客人的動作卻意外敏捷。

為了潤潤喉，我去隔壁教室買了兩杯他們班販售的熱帶水果汁，並將其中一杯遞給黑瀨。

「要給我的嗎？」

我回了一個「嗯」字就坐到椅子上，黑瀨則露出笑容說了一聲「謝謝」，並喝了一口琥珀色的液體。

我並沒有很想自己單獨一人在校內閒逛，所以在休息十五分鐘以後就跟著加入顧店工作。

「你不去轉一轉沒關係嗎？」

當我回來顧店時，黑瀨瞪大眼睛這麼說。可能是因為戴著殭屍款式的紅色隱形眼鏡的關係，那雙瞳眸相當可怕。

「我怕吵，不想去。」

黑瀨回了一句「這樣呀」。平常的黑瀨跟殭屍妝扮的她，這之間的反差不管怎麼看都很好笑。我掏出手機，對著她按了幾下快門鍵。

「不要隨便拍，我會吸血哦？」

「呃，那是吸血鬼吧？」

在我們這麼相互說笑的過程中，一小時一下子就過去了。

「雖然我想我不在就賣不掉了，不過接下來就拜託你囉。」

儘管我對自誇勝利、揚長而去的黑瀨有些不爽，不過當我試著發動最低限度的反擊，說出「可是妳那動作，以殭屍的標準來說不及格啊」之後，卻被她一笑置之。她的情緒比平常還高亢，應該就是因為文化祭的關係，如果平常她也是這樣的話，朋友就會更多了吧？我一面想著這些事，一面微笑著目送黑瀨走出教室。

黑瀨一離開，客人也跟著少了不少，結果第一天還賣不到一百本。

文化祭第二天，我沒有先到教室去，而是直接前往文藝社的販售空間，獨自一個人陳列社刊。還剩兩百本又多一點。由於第二天會開放一般人入校，聚集而來的客人也應該會比第一天多，我希望用點心力全數賣掉，用賣社刊的錢買下新書架跟新書籍擺進社團教室。雖然再過一個月又多幾天社員就會只剩一個人，但我想讓空虛的社團教室盡量充實起來。

以鐘聲為信號，第二天開始了。即便來客數確實是比昨天多，可賣出去的果然都是漫畫研究社的社刊，文藝社的刊物一本都沒賣掉。

總使如此，隨著時間經過客人越聚越多，社刊還是賣了一本、又一本。

而在中午過後，黑瀨總算來了。她的妝扮跟昨天一樣，不對，可能是因為食髓知味的關係，她化了更誇張的殭屍妝，還把一件破破爛爛的水手服穿在身上，臉頰上忠實呈現了宛如刀割、看起來有夠痛的切傷，讓我不由自主瞠目結舌。

「妳這臉跟打扮，怎麼講都有點過頭了吧？」

「因為昨天大家的評價很不錯，而且社刊拜此所賜也賣了不少，所以這樣就好。」

不管是昨天還是今天，黑瀨那意外的一面都令我吃驚，我原本一直以為她不會做這種開朗少女才會幹的事。可是當她的同班同學到來時，她又會慌忙躲到我的背後去，等到他們離開以後才安心的探出臉來。她那神態越看越有趣，感覺有些可愛。

「這個是多的，就給新太吧。」

「這是啥？」

「刺青貼紙。我的這個其實也是貼紙。」

黑瀨指著自己的臉頰說。看來那塊栩栩如生的切傷似乎不是化妝，只是貼紙而已。她沒經過我同意，就把那貼紙貼到我臉上。因為大家會覺得我們看起來像另外一種意義的「傷人」，所以我好想馬上把它剝下來。

「啊哈哈，好適合你，要我幫你拍照嗎？」

「……呃，不用。」

由於時間接近萬聖節的關係，因此扮裝的學生並不算少，意外的讓我不算醒目，就這麼融入整個環境。對我而言，這是最後一場文化祭，像這樣跟黑瀨一起享受非日常的時光倒也不壞。

跟第一天一樣，黑瀨一加入顧店陣容，社刊就陸陸續續的賣出去了。

有個小孩子指著黑瀨說「這裡有個漂亮的扮裝姊姊」，他的父母親就過來買了。黑瀨在這樣的狀態下努力地賣著社刊，在文化祭結束前一小時全部完售。

「全都賣完了！說不定再多印幾本也沒問題。」

「賣完了啊。總之，妳先換衣服吧？」

黑瀨拿著要換穿的衣服輕快的跑走了。我整理賣社刊的錢，並開始收拾善後。說是這麼說，但因為完全沒有裝飾的關係，我只要把原先為了陳列社刊而靠在一起的桌子回歸原位就算完成了。

等了幾分鐘以後，把殭屍裝洗掉，換穿平常制服的黑瀨回來了。

「你已經收拾好啦，一直都丟給你忙，不好意思呀。」

「畢竟黑瀨作了社刊，和也則提供了小說，什麼都沒幹的我不做點事也不行吧？」

由於還有一點時間，因此我跟黑瀨就去校內轉一轉。儘管有幾個班上同學以奇妙的神情望向我們，不過這種事已經無所謂了。

我們在大禮堂聽輕音樂社的樂團演奏，也看了美術社學生的畫展。彷彿就像是我跟黑瀨在約會一樣，讓我有一點緊張。我用眼角偷偷看了旁邊的黑瀨，發現她正滿臉熱情地看著一幅由美術社社員所描繪的謎樣生物圖畫。

黑瀨在離開美術教室以後才彷彿想到什麼，走到我的後面。我的走路速度一慢下來，黑瀨也跟著放慢腳步，我們之間的距離一直無法縮小。

「為什麼妳這麼堅持不走在我旁邊呢？明明到剛才為止妳還在旁邊的。」

我看不下去出聲這麼說，她給了一個十分明確的答案。

「剛才我是不小心的……如果跟我在一起，連你也會被認為是怪人的。」

「沒差吧，事到如今還管誰怎麼想啊？在文化祭以前會在意這種事的人，不是只有妳而已嗎？」

黑瀨聽完我的話之後似乎就看開了，她向前邁步，開始跟我並肩行走，耳朵則越來越紅。

文化祭結束前，我們的最後一站是我的班上。

「喔，是新太跟黑瀨，社刊賣得怎麼樣？」

正在烤章魚燒的和也一發現我跟黑瀨，就將整個身子探出來如此問道。

「想不到竟然全部賣完了。」

「真的假的？超厲害的啊！」

拜黑瀨所賜才能賣得那麼好。我笑了笑，豎起食指點餐，說了句「一份章魚燒」。

黑瀨幫我付了錢，並說這是熱帶水果汁的回禮。我們拿了一個裡頭塞滿章魚燒、幾乎快要整個爆開的食物包裝袋，便離開教室走向文藝社的社團教室。

在抵達社團教室後，我跟黑瀨便將八顆章魚燒平分成兩份再吃。

「剛剛吃的那個，裡頭沒放章魚。」

就在我一面抱怨一面吃的時候，和也拿了三份八顆裝的章魚燒到社團教室來。

「因為食材還有剩，我就做好拿來了！來開慶功宴吧！章魚派對章魚派對！」

他好像還買了可樂跟柳橙汁之類的東西過來，於是我們三個人就開了一場小型慶功宴。

「你不去班上的慶功宴可以嗎？」

我跟和也的班級在文化祭結束後，是要大家一起去K歌的。因為是自由參加，所以我當然選擇不參加。

「啊啊，沒差啦沒差啦。反正大概也只能唱到一、兩首，而且總覺得有點累，跟新太和黑瀨在一起比較能放鬆。」

他這麼說讓我真的很高興。能夠把害臊的事情自然流暢的講出來，也是和也的優點。

「總覺得好久沒有像這樣、三個人一起在社團教室裡……好燙！」

似乎怕燙的黑瀨伸手掩嘴，表情相當痛苦。我跟和也看她那樣都大聲笑了。她含淚將章魚燒吞下，並用柳橙汁冷卻口中溫度。

「不過真的是好久沒有這樣啦，最近大家都很忙嘛。」

和也把兩顆章魚燒塞進口中，讓自己的臉頰膨脹得跟倉鼠一樣之後這麼說。

我在打工、和也在準備文化祭、黑瀨則因傷心過度而請假一個禮拜，最近三個人湊在一起的時間是比較少。像現在這樣度過同一段時光，三人於其中共同歡聚、一起在寂靜的社團教室裡讀書、有時甚至會因黑瀨偶然出現的呆萌模樣而會心一笑的機會，還能有多少回呢？

「明年呢，我們要印個五百本，再用賣社刊的錢辦一場盛大的慶功宴，剩下的錢就平均分掉吧。」

和也說這話時，頭頂上的『32』數字也在搖晃，他的牙齒正面還沾上了海苔；雖然有句俗話說「講明年的事情連鬼都會笑」，可我實在是笑不出來。

「怎麼啦新太，總覺得你很沒精神耶。」

「……沒這回事，我現在很開心。」

「算了，新太一直都是這種冷靜的模樣。」

「就算這樣，今天我也是比較嗨的啦。」

黑瀨一臉憂心的看著我跟和也。在她的眼中，我們看起來會是什麼樣子呢？

既然是在這間狹小的社團教室，而且我們兩人背後也都是全黑的，可能她看起來會有些昏暗吧？因為和也會比我早五天死，所以他應該會比我更黑一點？我推想著這樣的事情。

在嗑光了章魚燒以後，我們三人離開社團教室，走在已經完全恢復寂靜的校園中。白天的喧囂彷彿不像真的，文化祭結束後的校內是一片落寞。

「等假日結束之後學校見。」

黑瀨跟我們在鐵路車站前道別，我跟和也則走進車站大樓。

「這麼說來雨妹……不對，是小唯吧？你沒有約她來文化祭玩嗎？」

我原本以為和也一定早就約了雨妹來文化祭，但他搖了搖頭，開口。

「我沒約啊。」

「為什麼？」

「……你知道的，我這麼忙，就算約了也沒辦法帶她去玩，放著她一個人不好意思嘛。」

和也那僵硬的笑法讓我覺得不太對勁。一來實在不像他，再說如果是和也的話，就算硬擠也會擠出時間來跟人家轉個一圈才對。該不會是吵架了吧？一思及此，我就停止追問下去。

我們在離自己家最近的鐵路車站下了電車，走向停車場。外頭已經一片漆黑，要找自行車還滿辛苦的。因為回家的方向不一樣，我跟和也要在這裡道別了。

「拜啦和也，下週再見。」

我才騎上剛把鎖頭解開的自行車，和也就叫住我。

「我說，新太。」

「嗯？」

我轉頭向後望去。

「這個……該怎麼說……」

一向爽快俐落的和也，難得吞吞吐吐。

「你該不會跟小唯吵架了吧？不好意思，要戀愛諮商的話你找別人會比較好喔？畢竟我沒什麼建議可以給你。」

我不認為缺乏戀愛經驗的自己能幫得上忙，更何況跟和也聊這種愛情的話題還滿尷尬的。

他在瞬間露出了驚愕的表情後，噗哧一聲笑了。

「啊啊，說的也是。就算告訴你也沒辦法解決啊。」

和也又回到了平常的狀態，笑著搔了搔頭。

「再見，新太。」

和也輕輕舉手道別，隨後便消失在黑暗中。

好久沒度過這麼充實的一天了。我在如此心想的同時，也輕快的踩著自行車，在微涼的夜路上疾行。

交錯的心意

黑瀨的訊息傳送過來的時間是在文化祭後第二天的一大早。由於這一天補假，我是被這則訊息叫醒的。

『我想請你看一個人的壽命。』

跟這則訊息一起送過來的，是一張低頭說「拜託您了」的兔子貼圖。先前她提到文化祭之後有話要跟我說，恐怕就是指這件事。

如果只有看的話是沒關係啦。如此心想的我回了句『好啊』。

『謝謝，現在你可以出來嗎？』

『嗯，我馬上過去。』

之後，我們在離學校最近的鐵路車站會合。因為不用去打工，也沒有預定要做的事，所以剛剛好。再說，我也不排斥幫黑瀨這個忙。

黑瀨比我先來到鐵路車站。身穿黑色套頭上衣與牛仔褲的她，身上洋溢著成熟的氛圍。

「啊，你來了你來了。」

黑瀨在發現我之後，就將原本拿在手上的手機收進提包，微微一笑。

「所以，妳想要請我看誰的壽命？」

我立刻切入正題。雖然我環顧四周，但附近並沒有像她所說的人的身影。

「總之，我們先坐車吧。有話等上車以後再說。」

她說完這句話便買了兩張車票，然後給我一張。我毫不客氣的收下車票通過驗票閘門，等電車過來。

恐怕黑瀨還沒有受到教訓，她想必又要去拯救誰了。明明只要置之不理就好，但不管我說什麼，她一定都聽不進去。

我們搭上準時到站的電車，在雙人座位上坐下。

「所以，我們等下要去哪？」

我正面看著在通過驗票閘門以後就閉口不言的黑瀨，主動開口。從車票金額看來，我覺得地點並不近。

「雖然有一點遠，不過還算在縣內。」

「是喔？」

在電車上搖晃了大約一小時後，我們在一處陌生的鐵路車站下車。黑瀨似乎也沒來過這裡，她一面看著地圖應用程式一面向前走。

「那個人，是我姊的朋友。」

當我們離開車站大樓又走了幾分鐘，遇到紅燈停下腳步時，黑瀨低聲說。

「……是這樣啊。」

「她從以前就跟我姊關係很好，我小時候也很常和她一起玩，感覺上可以算是我的第二個姊姊。前幾天很久沒到我家玩的她來了一趟，然後……我就看到了。」

前方的紅燈已經轉為綠燈，結果低著頭的黑瀨居然完全沒發現。無奈之下我踏出腳步，她也跟在我後頭前進。從會合之後，她就一直是這種憂心忡忡的表情。

「所以，妳想要救她？」

「不可以嗎？如果是完全不認識的人就算了，可沙耶香是姊姊最重視的朋友，對我來說也一樣。」

黑瀨以帶著怒氣的聲調，一口氣將這些話說出來。以我的角度來看，她是在對這種無可奈何的狀況發脾氣。她氣勢洶洶的加快腳步走到我前面，進入一間位於國道旁邊的家庭餐廳。

「歡迎光臨……小舞？難得妳會來耶。旁邊這位是妳男朋友？」

走進店內，一名高個子的女店員以親暱的口吻出聲對黑瀨搭話。對方是位容貌端正的漂亮女生，不過我的視線並沒有落在她那美麗的臉龐上，而是望向那張臉的上方。浮現在那裡的數字映入眼中，讓我不禁愕然。

「不是的不是的，他不是我男朋友，是跟我同一個社團的望月新太。這位是我姊姊的朋友，武中沙耶香。」

黑瀨同時介紹了我跟沙耶香。我強裝鎮靜點頭致意，沙耶香也低頭行禮，為我們帶位。因為正好是中午用餐時間，於是我點了牛排套餐，黑瀨則點了卡波納拉義大利麵。

「那麼，兩位請慢聊。」

沙耶香露出微笑，便搖著紮成馬尾的頭髮走回廚房。黑瀨喝了一口冰水後，就一直盯著我看。

「……你看得見吧？」

我才微微點一下頭，黑瀨隨即開口問：「還有幾天？」。我先把半杯冰水灌進喉嚨，再把剛剛看到的數字告訴黑瀨。

「只剩五天而已。該怎麼說，我理解妳的心情。」

因為沙耶香可以說是如同黑瀨姊姊一般的存在，所以我慎選用詞。儘管我覺得她大概已經做好了某種程度的心理準備，不過如果知道具體數字的話，一定不太好受吧？

「……這樣，還有五天。」

黑瀨以越來越微弱的聲音如此說。她沮喪的低下頭去，餐桌上瀰漫著一股沉重的氣氛。從旁人的角度來看，我們說不定就像是正在談分手的情侶。

找不到話題的我，只好一小口一小口地喝冰水，以求撐過眼前的狀況。由於玻璃杯已經空了，因此我又望向菜單，試圖從尷尬的氣氛中逃離。就在這個時間點，我們先前點的料理送過來了。

「請慢用～～」

沙耶香細心地將料理擺放在桌上後，就一臉高興的離開了。

「妳不吃嗎？」

黑瀨沒有伸手去動她眼前的卡波納拉義大利麵，只是神色黯然地低著頭。她那副模樣，讓我也不好對牛排動刀，氣氛一下就僵住了。

「總覺得……沒有食慾了。」

黑瀨沒有抬頭就回話。她又說了一句：「會冷掉的，你吃吧」。

「那麼……我就不客氣了。」

我客氣地應了一聲後，便舉刀切向牛排。牛肉煮得很軟，不用費力就能切開，我默默地將肉送入口中。即使在這種壓抑的情況之下，牛排依舊十分美味。

之後黑瀨僅將一口卡波納拉義大利麵送入口中，就把叉子放了下來。

「我來付。」

當我伸手拿了帳單走到收銀櫃檯時，黑瀨拿起錢包這麼說。

「不用，我來付。畢竟我剛領到打工薪水。」

「但約你的人是我。」

互相爭論了一段時間後，黑瀨終於讓步，由我付帳。

「那個，你們等一下！我馬上要下班了，要不要找個地方聊一下？」

我們剛離開店門口就被沙耶香叫住。黑瀨露出猶豫不決的神情，說了一句「……我是沒問題，新太你怎麼樣？」，將決定權交給我。她用不安的眼神看向我，似乎希望我能同行，我也沒辦法堅持拒絕。

我們在店前等了十五分鐘，馬尾解開、穿上便服的沙耶香沒多久就推開玻璃門，從店裡走出來。藏青色的棉絨西裝外套與窄裙的穿搭，讓她散發出來的氣息與其說像大學女生，可能還更像上班女郎（ＯＬ）一點。或許是我多心了，不過就連在她頭上晃動的數字也給人一種時尚的感受。

「久等了，附近有一間很可愛的咖啡廳，去那邊可以嗎？」

「嗯，我去哪都可以……」

黑瀨勉強擠出笑容望向沙耶香。從這裡再走幾分鐘，就可以看到一棟新潮的建築，走在前面的沙耶香果然如我所料，踏進那棟建築物裡。

店內裝潢相當新潮，隨處設置了許多觀葉植物，綠意盎然。整體氣氛與其說是可愛，不如說是沉靜，我想平常會待在咖啡廳寫小說的和也應該會相當中意。

沙耶香是位非常愛講話的人，她甚至連屁股都還沒在位置上坐好，便直接滔滔不絕地說起話來。

在大約三十分鐘的時間裡，沙耶香一直說個沒完，連一刻也沒停過。黑瀨跟我與和也以外的人親暱交談的模樣也很新奇，讓我自然而然露出笑容。

「你聽聽看呀，新太。小舞她國一的時候呢，明明被自己喜歡的男生告白卻拒絕人家，然後還跑來找我哭，拚命問我要怎麼辦呢。」

「啊，那個該怎麼說，連我自己都不太記得為什麼要拒絕了……呃，這種事不要再提了啦！」

黑瀨漲紅了臉，阻止沙耶香繼續說下去。沙耶香又告訴我黑瀨的其他糗事，黑瀨則在一旁補充說明或加以辯解。在我全程臉上帶笑，扮演一個好聽眾的同時，我也知悉了黑瀨令人意外的另一面。黑瀨比我所想的還更像個普通的女孩子，讓我對她好感倍增。這兩人的關係就跟親姊妹一樣好，她們之間的爭論怎麼看也不會膩。

「新太要不要加點飲料呢？我請客，你們兩位儘管喝。」

這裡明明是咖啡廳，但沙耶香卻以一副簡直就像是來到居酒屋的高亢神態鼓勵我們喝飲料。我跟黑瀨遵照她的好意，分別加點了那堤咖啡與焦糖星冰樂。

沙耶香現在似乎正和一個比她大三歲的上班族談遠距離戀愛，聽說下次見面會在一個月之後。黑瀨好像是第一次聽說，以一副快哭出來的表情默默聽著沙耶香開心聊她男朋友的事。然後她可能是承受不住了吧，說了一句「我去洗手間」就摀著眼睛從位子上站起來。沙耶香似乎也察覺到黑瀨的狀況，低聲問了句「她是怎麼了」。

對話暫時中止，沙耶香將第二杯抹茶那堤舉到口邊。既是美女又性格開朗，不論什麼話題都會坦誠相告的她渾身充滿活力，簡直就是個跟死亡完全處在對立二極的人。

明明是個那麼活潑的女孩子……在她死後，她周圍的親友應該會這樣感嘆吧。

「抱歉……我可以問一個怪問題嗎？」

沙耶香把玻璃杯放在桌上，露出笑容說：「什麼問題呢？」。

「沙耶香是為了什麼而活呢？」

沙耶香應該沒想過會被這麼問吧。她在驚愕之後，噗哧一聲笑了出來。

「為了什麼、啊。我沒想過這種事耶。」

「……說的也是。抱歉我問了怪問題。」

沙耶香還只是一位二十歲的大學女生，要想有關死亡的事情還太早。即便如此，她也只剩下不到一週好活了。這個事實揪緊了我的心，原本全部喝進胃裡的那堤咖啡，似乎要逆流回食道來。

「不過，這麼說吧。如果硬是要說的話，我是為了一個想要達成的目標才活到現在的。」

「目標……嗎？」

「沒錯，目標。我有一個夢想，是當學校的教師。我非常喜歡國中時遇到的一位老師，所以我想要成為一位像那人一樣靠得住的教師，為了達成這個目標，我才努力至今。」

為了將來的夢想……以生存的意義而言算是很典型的理由，大多數人應該都會這麼回答。可是從她的口中說出來，我沒辦法聽過就算了。

「那位老師，是個什麼樣的人？」

「其實我呢，在國中的時候曾經被霸凌過，每天都很想死。要怎麼做才死得了呢？那段時間我總是在想類似的事。」

從現在的沙耶香身上，完全無法想像她會有那樣灰暗的過去。

「最終我還是沒有尋死的勇氣。有一天放學以後，我躲在空無一人的教室裡哭，那位老師就主動來找我說話了。啊，那是一位女老師哦。」

「所以，感覺上應該是那位老師給了妳力量之類的？」

「這個嘛，講白了是這樣沒錯。不過我其實得到了遠超過這以上的救贖。因為如果沒遇上那位老師的話，或許我早就死了。」

沙耶香的話語刺痛了我的心。她的命儘管在遇上恩師後得以延長，但也就只延了這麼一點時間。我雖然在情緒上也想跟黑瀨一樣衝進洗手間裡，可是她還沒有回來，我也不好在這種狀況下離開位子。

那位拯救沙耶香內心的老師，據說在聽完她的故事後就不停流淚，同時拉著她靠向自己身邊，溫柔地道：「讓我們一起來解決吧」。沙耶香說，看到一個大人會像小孩子一樣哭泣，更不用說對方是為了自己而哭，這讓她感到欣喜，也想要去試著相信那位老師。

「雖然時常有人說，就算發生了霸凌事件老師也不管用，可是我認為沒那回事。事實上我就得到救贖了，而且我也希望能跟那位老師一樣搶救更多學生，哪怕只有一個也好。講得太誇張了，那種熱血老師在這年頭已經很老派了吧？」

沙耶香吐了一下舌頭，表現出開玩笑的神態。我在曖昧的回應後，便一直盯著已經空了的玻璃杯。如果我不知道她會死的話，就可以坦率地聲援她了啊。

「啊，回來了。」

我的眼睛移向沙耶香的視線盡頭，看到黑瀨走了回來。她的歸來拯救了我，只要再晚幾秒鐘，想必就連我也會從位子上站起來。

這場聚會就在黑瀨回來的時間點結束，結帳則是由沙耶香將手機拿到一台機器設備的上方輕鬆完成。

「那麼你們兩位，再見啦。」

因為沙耶香回去的方向跟鐵路車站完全相反，我們一離開店門口就跟她道別，黑瀨露出不自然的笑容並對她揮手。沙耶香一背對我們，黑瀨的表情就瞬間蒙上陰影。黑瀨的眉毛下彎成八字形，表情則像個隨時會哭出來的小女孩一樣。看不下去的我，只好先踏出一步，沿著來時路回去。

我在走了一小段路之後又回頭向後看，黑瀨正低著頭挪動腳步。

「要怎麼辦才好呢？」

黑瀨直到抵達鐵路車站的月台才終於開口。剛好電車幾分鐘前剛離站，到下一班電車進站還有時間。

「我想這是沒有辦法的事。因為那是沙耶香的命運，所以還是應該要坦然接受吧。」

我以不帶刺、平靜的語氣，對黑瀨彷彿自言自語的疑問如此回應。就算聽了沙耶香那段堅毅的自白，我也不打算改變自己的想法。黑瀨一句話也沒說，在長椅上坐下。

「我說黑瀨，妳要做的不是去拯救，而是要將想法轉換到去珍惜和對方共同度過的寶貴時光會比較好。」

我在說話的同時也坐到長椅上。星期一的下午，除了我們以外還有幾個人在鐵路車站的月台上等電車，假設這裡所有人的壽命都剩下沒幾天，黑瀨要怎麼辦呢？她好像真的會開口說要把所有人都一起救出來，我覺得這也很像是她的作風。

「……我沒辦法。明明知道對方會死卻什麼也不做，我怎樣都辦不到。」

黑瀨既然這麼講，我也無話可說。我覺得她既然想這麼做就應該會這麼做，而且我也沒有阻止她的理由。

「那麼，我想妳就去救好了。只要以後不會後悔，去試試看也好。」

「新太也會來幫忙嗎？」

電車在我回答以前到站，對話也中斷了。

回去的路上是痛苦的。黑瀨的表情始終陰暗，我又找不到什麼話題，一個小時的車程，體感上足足有兩、三個小時之久。

當我下電車時，由於疲勞睏倦的關係，感覺外頭的空氣異常的甜美。

「今天謝謝你陪我。我會再多想一想的！」

光明又回到黑瀨眼中，她大概是下定了某種決心吧。看著她這麼認真的去為某個人著想，我覺得真的很棒。

「啊啊，嗯，不要讓自己有太大的負擔喔。」

「嗯，謝謝！」

黑瀨就這麼騎上自行車走掉了。

就這樣，我貴重的日子又過去了一天。

在五天後到來的星期六，我頭上的數字變成『31』。

我嘆了口氣，低聲說了句「還有一個月啊……」，並凝視著那個彷彿在嘲笑我的搖晃數字。這玩意害我最近吃什麼都沒有味道，喜怒哀樂的情緒也逐漸喪失。主要失去的當然是喜跟樂，就連怒與哀的情緒如今也所剩無幾。一個月以後，我死前搞不好會先成為一具空殼。如此心想的我走出洗手間，回到自己房間。

那一天以後，我跟黑瀨完全沒有聊到沙耶香的事。搞不好黑瀨打算獨自一人去救沙耶香。

為了以防萬一，我今天還請假不去打工，結果黑瀨並沒有跟我聯絡。

時間是上午九點，我不知為何就是很在意，打電話給黑瀨。

馬上就接電話的她早就搭上第一班電車，目前已經在沙耶香的家門前等候了。沙耶香現在是一個人住在她所就讀的大學附近某處公寓，而黑瀨好像問到了她今天的預定行程，從一大早就持續監視。沙耶香似乎會在下午出門跟朋友買東西，不過考慮到行程變更的可能性，黑瀨只好在這個時間點就開始埋伏等候。

「新太也會來嗎？」

聽到這句滿懷期待的話語，我回了一句「好啊」。我自己也不知道為什麼會秒答，不過我想要去黑瀨的身邊。她的內心現在一定正被不安跟恐懼所盤據。聽到她透過電話發出彷彿在求救的聲音，我沒辦法坐視不管。

我立刻把自己打理完畢衝出家門。當然我只是個小跟班，救沙耶香是黑瀨的任務；這一點我在掛斷電話以前就先確認過了。即便我擔心黑瀨，不過我依舊希望保持一個不干涉他人生死，中立的立場。

我花了一個多小時抵達目的地之後，就用地圖應用程式搜尋黑瀨告知的地址，並快步前往。雖然如果有動靜她就會聯絡我，但我的手機連吭一聲也沒有。聽說沙耶香今天下午才有行程，恐怕人家還在自己家裡吧？

當我抵達黑瀨告知的地址附近時，看到前面有一間便利商店，黑瀨的身影就坐在店前方的木製長椅上，她的嘴裡塞滿了三明治，身上穿著一件尺寸過大的黑色連帽外套。

「妳在做什麼？」

「啊，你真的來了呀。就像你看到的，我在吃午餐。」

「這我知道，監視的情況呢？」

我如此問道。黑瀨指了指我背後，說：

「那棟米色的公寓就是沙耶香家。」

我回頭望去，隔著道路的對面有一棟外觀整潔的公寓。

「也就是說，妳從一大早就一直在這裡？」

黑瀨回了一句「是呀」，將手插進連帽外套的口袋裡，縮著肩膀。

我走進便利商店，買了兩罐熱咖啡，把其中含糖的那一罐交到黑瀨手上，並與她間隔出一個人的寬度後在長椅上坐下。

「謝謝，我會付錢的。」

「就說不用了，我想在死之前把錢全部花完。」

「……這樣呀。」

黑瀨把掏出來的錢包又收進包包裡。我說完這句話之後隨即反省，看來我是多嘴了。

才剛喝完罐裝咖啡的黑瀨，突然出聲大叫：「啊！」

我望向她的視線盡頭，確認有一名女性的身影正從米色公寓的一間房中走出來。雖然在這個距離看得不是很清楚，不過看得見她的頭上有東西在微微晃動。

「那個人，是沙耶香嗎？」

「嗯，應該是。」

黑瀨站起身來把空罐丟進垃圾桶，然後開始跟蹤。我稍晚也起身站立，在她後面跟著。

我看了眼手錶，確認時間剛過十一點半。如果要在下午跟朋友會合的話，沙耶香現在的確該出門了。黑瀨不斷縮短跟她的距離，我不禁心想，黑瀨靠那麼近會不會有問題。

「如果出了什麼事，我得待在能立刻應對的地方才行。」

黑瀨應該是猜到了我的心思，悄聲這麼說。

「可是，如果發生意外事故的話，我覺得太靠近也很危險。」

黑瀨把我的忠告當耳邊風，反而走得更快了。

就在這個時候，我察覺到異樣的變化。

「咦……？」

黑瀨似乎也有所感應，停下了腳步。

走在前面的沙耶香遇到紅燈，停下腳步站在原地。此時，我在看到從她側面斑馬線走過來的一對情侶後，渾身起了一陣冷顫。

那兩人的頭上，都浮現了數字『0』，他們兩人就站在沙耶香旁邊等紅綠燈。

無論何時，人類的死亡都是一瞬間的事。毫無徵兆且冷酷無情。

前方號誌轉為綠燈，沙耶香跟那一對牽著手的男女開始走過斑馬線。就在這一剎那，黑瀨向前急衝，我則反射性抓住她的肩膀；同時一輛轎車以驚人的速度闖進斑馬線區域。

十字路口上響起一陣像骨頭被撞到粉碎四散的沉悶聲響，我親眼目睹了三人被撞飛的模樣。

那是在一瞬間發生的事，原來人類可以這麼簡單就飛出去。被撞飛的三人倒臥在遠方，看上去簡直像人偶一樣。

黑瀨一屁股跌坐在當場，表情了無生趣。

撞飛三人的轎車先是停了下來，隨即加速離去。

回神過來的我以顫抖的手操作手機，叫救護車。我語無倫次的告知狀況跟事故現場的大略地點後，把電話掛斷。

如果沒有瞬時理解出了什麼事的話，我一定沒辦法立刻行動。如果自己慢了一步的話，連黑瀨都有可能會受到波及。想到這裡，不禁感到一股惡寒襲來。

心跳快到幾乎要爆炸，我將手貼在胸前，等待自己鎮靜下來。

等到我有所察覺時，路上已經聚集了看熱鬧的人，四周騷動不已。黑瀨全身癱軟，整個人跌坐在地面上。我看著這樣的她，一時之間竟無話可說。

我們兩人就這麼僵在原地，一步都動彈不得。等我發現時，救護車已經到了，我只能遠遠地目送那三人被抬上車。

救護車離開之後，看熱鬧的人也各自往不同方向散去，只有一群警察在鮮紅血跡四濺的事故現場忙碌地來回奔走。

我跟黑瀨以目擊者的身分接受警察詢問，並由我代表因受到打擊過大而一直沉默的黑瀨向警察說明。雖然沒能確認車牌號碼，但我告知了車輛種類與顏色等資料。

「黑瀨，站得起來嗎？」

警察詢問完畢後，我出聲對沒能站起來的黑瀨這麼說。總之我希望能先移動到可以靜下心來的地方。不過她沒有回應我的呼喚，就只是失魂落魄的一直望著遠方。

等了一陣子以後，黑瀨還是一動也不動，我只好抓住她的肩膀拉她站起來。我用手臂緊扣著黑瀨，扶著她慢慢走向早先我們坐過的那張便利商店長椅。在前進的過程中，黑瀨的呼吸越來越急促。

直到坐在便利商店的長椅上時，黑瀨終於哭了出來，應該是接受事實了吧？沒能救回自己當親姊姊一般仰慕的人，她的悲傷程度是難以想像的。

我只能靜靜等她停止哭泣。比起安慰，陪在她身邊還比較好。我坐在發出哽咽聲的黑瀨身旁，直直盯著腿上緊握著的拳頭。自己身上居然連一條手帕都沒有，真是太失策了。

我們默默地在長椅上坐了大約一個小時，黑瀨終於停止哭泣，回復幾分鎮靜。

「沒事吧？要我買什麼飲料過來嗎？」

我對可能因流淚而導致大量水分消耗的黑瀨表達關心。她以沙啞的聲音說：「我想喝水」。

我在便利商店買了水，把它交到在長椅上等待的黑瀨手中。她從連帽外套的袖子裡伸出細長的手指將瓶蓋打開，咕嘟咕嘟的喝著水。

她似乎相當渴，一瓶天然水一口氣就喝了一大半。

「稍微鎮靜點了嗎？」

我試探地問出聲。

「……嗯。可是，心好痛。」

眼睛跟鼻頭都紅通通的黑瀨，緊緊用手揪住心窩處。可能是回想起一小時以前才剛目睹的那場悽慘事故，黑瀨的呼吸又急促起來。

「鎮靜點。總之，慢慢喝點水。」

我們又休息了一陣子，才走向鐵路車站。

在回程的電車中，黑瀨一直默默望著窗外風景不斷流逝。我心想現在就別去管她，並閉目養神。雖然偶爾會聽見吸鼻水的聲音，不過裝睡的我放任全身跟著電車一起搖晃。

親眼目睹生命的逝去，讓我重新認識到自己的死也近在眉睫，更讓我再次意識到這一切絕非事不關己。

一個月以後，我也會離開這個人世。

老實說，我對這件事還沒有做好準備與覺悟。雖說接納了死亡的命運，可對於這麼早就要揮別花花世界這件事，我是沒辦法淡然處之的。糾結到最後，最終還是只能用「一切都是命，無可奈何，不管是誰都不可以違抗命運。」之類的老套說詞試圖說服自己，讓煩躁的心鎮靜下去。

下禮拜才開始，黑瀨就跟學校請假，這回我完全沒有連絡她。畢竟我想不出什麼好聽話安慰她，而且也不可以因為這樣就去跟她聊其他完全無關的話題。如今應該要讓她休息到心情平復，等她的傷痕痊癒比較好。

新聞報導說，撞死沙耶香逃逸的男駕駛在第二天主動向警方投案。肇事者是位四十多歲的公司職員，他說自己因為在看別的地方所以沒有注意到紅燈，更沒想到會撞到人，還扯了其他一堆令人聽不下去的藉口。

進入十一月後，早上越來越冷，可以切身體會到深秋的涼意。我在鏡中看到自己頭上的數字已經變成『23』。數字一天比一天減少，氣溫也跟著下降；今天的我在滿心憂慮的同時，也還是去了學校。坦白說，我曾經想過不要再去上課了；可是因為擔心黑瀨，我依舊在寒空之下縮著身子，踏出了沉重的步伐。

時隔六天，黑瀨總算在這一天到校。我本來以為她一定會缺席，但在放學後她的身影就出現在社團教室中。

「咦，黑瀨妳今天有來啊，我都不知道。」

和也抬起了原本面向電腦螢幕的頭，一面讓數字『21』飄動一面說話。我在事故發生兩天後便對和也說明了事情經過，因此現在他正以憐憫的眼神望向黑瀨。

「今天開始我就回來上學，抱歉讓你們擔心了。」

黑瀨說完這句話就在老位子上坐下。她伸手從書包裡拿出一本用封套包好的書，將它打開。

「這麼說來截稿日也差不多快到了，小說來得及嗎？」

我突然想到這件事並詢問和也。我一直記得新人獎的截稿日是在這個月的月底。

「啊啊，來得及來得及。應該說我已經寫完了，現在正推敲字句中。」

「啊，是這樣嗎？等完稿了就讓我看。」

「呃，不行吧。這篇作品是要收費的。」

和也刻意展現蓋下筆記型電腦的動作並笑著說。我說了一句「好啦好啦」就又開始閱讀。

「我說，和也為什麼會想要成為小說家呢？」

黑瀨將她剛才在讀的書收回書包裡，對和也出聲問道。可能和也覺得這是一個好問題吧，他將身子探出來這麼回答：

「妳問得好。其實我在國中的時候，有段時期在煩惱各式各樣的事。就在我對一切感到厭煩心情憂鬱的時候，我遇上了一本書。」

「原來和也還是有煩惱的啊？」

聽著和也那番有些裝模作樣的話語，我還是忍不住插嘴吐槽了。

「當然有啊。然後呢，我就讀了那本不知不覺就拿在手上的書，心彷彿被刺了好幾下。我的眼淚流個不停，內心好像逐漸受到淨化。該怎麼說，我當時覺得小說有時候是可以救人的啊。」

和也說的狀況我能理解，我自己也被小說拯救過好幾次。而且，光是沉浸在故事裡，就可以把頭上的數字忘掉。

「這點，我說不定可以體會。我也曾經被書救贖過。」

黑瀨一臉感同身受的模樣。我平常不會看自我啟發類的書籍，因此對於有人能夠被那種書救贖，感到相當意外。

「所以，我想要像現在這樣，書寫可以拯救人心的故事。我寫的小說如果能夠打動人心，就算只有一個人，我也會非常高興。我就是用這樣的想法去寫作的。」

這是我第一次聽到和也寫小說的理由。畢竟他這個人向來不喜歡認真做事，因此我原本以為他會說出類似做自己喜歡的事賺錢、或者是想受女性讀者歡迎之類的話。可是，沒想到竟然會是這麼高尚的理由。看著和也不經意展現出來、和平常完全不同的另一面，我讚嘆不已。

「真是了不起的目標，我原本以為你一定是為了錢。」

把話講得這麼直白的黑瀨也令我吃驚。和也說了一句「才不是咧」，並大笑出聲。想到他還沒完全實現自己的夢想就要離開人世，心中苦悶的我，只好擠出不自然的笑容。

「好啦！我到咖啡廳推敲去了！那邊不會有人來打擾，比較能專心。」

「你說的打擾，不會是指我跟黑瀨吧？」

「不是啦不是啦！我說的是像輕音樂社那些演奏聲，還有超自然研究社有時候會傳出來的怪聲啦。」

和也邊說邊聳了聳自己的肩膀。他蓋下筆記型電腦並將它塞進書包裡，起身站立。

「那就拜啦，走先。」

和也離開以後的社團教室總是相當安靜，除了聽得見輕音樂社不怎麼協調的演奏聲之外，甚至還聽得到超自然研究社的謎樣咒語，讓我跟黑瀨面面相覷，苦笑起來。

「剛才的話，你都聽到了吧？讓和也就這麼死去，真的好嗎？」

「……別那樣講。聽起來好像和也會死，都是我害的一樣。」

「我才沒這麼想。」

我深深嘆了口氣。不論懷抱的夢想有多高尚，人一到死期就是會死。這談不上是用來違抗命運的好理由。

「講過很多遍了，我不想插手人的生死。不管是和也還是誰，我都沒打算去救。」

我一口氣說完後，黑瀨便露出憂傷的表情。明明我反覆強調過了好幾次，即使如此，黑瀨還是一而再再而三地試圖翻盤，讓我惱火。

「總而言之，我有我的想法，妳有妳的想法，就不要互相干涉吧。」

「你是不是很在意以前沒能救下那個兒時玩伴？她叫明梨對不對？」

在明梨的名字冒出來的那一瞬間，我盯住了黑瀨不放。我沒能拯救明梨是事實，實質上也等同於我殺了她。不過就算這樣，他人也沒理由對我說三道四。

「所以是怎樣？這件事跟妳沒關係吧？我救不了明梨跟我不去救和也並沒有關係，因為那就是我得到的答案。」

「那為什麼你會想去救明梨，卻沒想要救和也呢？說什麼不可以去違抗命運，這種事又是誰決定的？說什麼想要救卻救不了，不就只是在害怕而已嗎？你只是在害怕自己受到傷害而已吧？」

黑瀨以夾雜怒氣的聲調一口氣將這些話說出來。被她的氣勢壓制住的我，只能閉口不言。

「我就算只剩自己一個人也要救和也。當然，我也會救你。」

黑瀨說完這句話就粗魯的抓起書包，轉身離開社團教室。

我將背部靠在椅背上，抬頭看著天花板。心情像是被黑瀨踩到痛腳後，又遭到她的追擊挨了兩、三拳一樣。她的話語太過正確，而且又很直接，不斷刺激著我傷痕累累的心靈。

其實就算不用她說我也知道，自己就是在逃避。我背對無情的現實，裝出一副與我無關的姿態，假裝視而不見。我就是用這些做法來保護自身，讓脆弱到可以輕易碎裂的自我得以維持。我就是這麼懦弱的傢伙。救死扶傷那種了不起的事情，我壓根就辦不到。打從沒能救到明梨的那時候開始，我就一直這麼想。

遠方原本還可以聽得到的輕音樂社演奏聲突然停了。如今與其寂靜，我在心境上更希望有點聲音入耳，就算是簡單的幾個音符也好。

回家之後，不論是晚餐時間、入浴中或鑽進被窩時，黑瀨那番直刺核心的話語都一直在我的腦中不斷重複播放，讓我難以入眠。

第二天我沒去學校。早上的時候，激烈擊打屋頂的雨聲把我叫醒，連下樓梯都嫌麻煩的我把手機拿在手中，輸入『我身體不舒服不去學校』幾個字，並將這則訊息傳送給媽媽。雖然身體一點事也沒有，不過心已經累了。

媽媽立刻拿著體溫計到我房間來，但在我強硬表示自己沒事以後就露出悲傷的表情，走了出去。

當我從回籠覺醒來時已經接近中午，和也跟黑瀨都有傳訊給我。

『翹課喔？』

短的訊息是和也傳的。

『昨天我說得太過分了，對不起。星期一要來學校哦。』

黑瀨傳送了一則擔心我的訊息，她可能是從和也那邊聽到我缺席的事吧？我兩則訊息都放著沒回，只重新認真思考剩下來這二十五天，我可以怎麼活。

我將眼睛望向掛在牆上的月曆，試著計算自己還可以去學校多少趟。另外我也去計算了在剩下的時間中去做我可以做的事情的次數，像是我還可以去打工多少次、還可以去外婆那邊探病多少回、還可以讀多少本書。我在有限的時間中可以做的事情，已經所剩無幾了。

我又伸手拿起手機，開啟了很久沒上的推特。以Sensenmann為接收者的求助訊息，依然幾乎每天都會傳送過來。

這些訊息的內容有希望我來看壽命的，也有把我當成神來崇拜的。當中甚至還有羞辱我的。

『Sensenmann登場！』

我不知不覺的發布了這樣的推文。還不到幾分鐘喜歡跟轉發數量就迅速增加，我這句跟白癡一樣的喃喃自語瞬間在網路上擴散。

『從現在起我會針對看得見大限的人回訊。由於不希望讓大家有所誤解，因此聲明在先：我之所以告知死期並不是為了好玩，而是希望您可以有意義的運用剩下的時間，絕對沒有輕視人命的意思。』

我又追加了一則推文。通知來個不停，我只好先將推特關閉再重新開啟訊息畫面。即便無法明確判斷是當事人自己的相片還是朋友的相片，但這些訊息正接連不斷的傳送過來。

我在很短的時間裡收到了幾百則附加相片檔案的訊息，不過還是一則一則的開啟了。大限可見的人只有兩位，我認真的對這兩位看得見死期的人發送回應訊息。雖然國中時候的我會裝出一副好人模樣，而且一旦嫌煩了還會多寫一些全面否定的句子；可是如今的我已經對他們的心情感同身受，也不可能會那麼做了。

正當訊息通知聲終於安靜下來，我也覺得差不多可以告一段落的時候，我的目光停在一則附加相片檔案的訊息上面。

這是來自帳號名為『Ayaka』的訊息，相片上拍了兩個高中女生。一個是沒有把制服穿好的所謂辣妹，另外一個則是身穿淺粉紅色睡衣的美少女。我對後者的女生有印象。

我想起在外婆的醫院裡，時常見到的那位總是在交誼廳畫畫的少女，雖然只看過她的側臉，所以不知道能不能確定，但應該就是她。頭上的數字已然說明了一切。

『這是我最喜歡的好友。她罹患不治之症，每天跟病魔搏鬥。她應該還可以活很久吧？就算說謊也好，希望您可以這麼說……幫幫她……』

我猶豫著該如何回應。傳訊息的人恐怕就是那個辣妹吧？她在自己的臉頰旁邊比了一個掌心向內的V字手勢，似乎在炫耀自己的鮮豔美甲；而少女則是在那個手勢旁邊露出了略帶困擾神情的笑容。儘管乍看之下這兩個對比性很強的人並不怎麼調和，不過按照訊息文字所述，她們是好友。

雖然可能很殘忍，但我是該清楚告知呢，還是該委婉表達呢。可是這麼做又能怎麼樣。我覺得如實傳達才是為這兩個人好，於是輸入回應訊息。

『即便我不清楚這張相片是什麼時候拍的，可您的友人將會在這一天起算的二十三日後亡故。請您盡力在她的身邊陪伴，直到最後一刻。』

就在我將要按下傳送按鈕時，Ayaka追加了一則訊息過來：

『對不起，果然我不想知道，請你忘了吧。』

我的帳號似乎在這之後就被她秒封鎖，訊息傳送不過去了。

「是怎樣啦，這個女人。」

我不禁出聲說。明明我基於善意要告訴她事實，她卻選擇了逃避。難道她沒有勇氣去面對好友的死嗎？我對此感到憤憤不平。

我輕聲咋一下舌，把手機螢幕關掉，整個人往床上趴了下去。

又過了一個禮拜，雨依舊從一早就下個不停。我的心情因此更加沉悶，即使鬧鐘聲響也沒能起床，就這麼在床上躺著傾聽敲打在窗戶上的雨聲。和也現在應該相當歡喜才對？畢竟雨天時他就可以跟喜歡的人見面。在和也死去以前，雨就一直繼續下吧。

以不規則的節奏擊打的雨聲，聽起來比我想像的還要舒服。我閉著雙眼心想，這比輕音樂社的演奏好聽得多。

就在我用雨聲代替搖籃曲的時候，第二段的鬧鐘聲響讓我皺起眉頭。儘管我立刻將它關掉，但這回則是貪睡模式啟動，讓我無可奈何，只好從床上起身。

忽然，我又想到，已經沒有去學校的必要了不是嗎？我都只是在上課時間閱讀閒書而已。去上學不但浪費時間，用掉的交通費也很可惜。就在我打算再躺下去的時候，手機響了。

是來自和也跟黑瀨的訊息，叫我要去學校。

我心不甘情不願的打理服裝儀容，連早餐也是隨便吃一點，隨手拿了兩本堆在書架上的小說放進書包，離開家門。

我搭上了輛一路讓積聚的泥水向上飛濺後準時抵達的公車，前往鐵路車站。我將視線移向窗外尋找書包少年的身影，但沒有看到。

「喔，你今天來啦。星期五果然是翹課喔？」

當我下了公車走進車站大樓時，和也已經比我先來了。

「我只是身體有點不舒服而已。」

我隨口搪塞一句並通過驗票閘門走到月台，看到遠處一名少女坐在長椅上的身影，停下了腳步。

「喔，發現小唯了！我去找她聊一下。」

和也快活的說著，並往雨妹所坐的長椅走過去。她的樣子跟平常不一樣。由於稍長的頭髮隨風飄逸、遮掩她的臉，因此看起來並不是很清楚，但她的眼瞳缺乏生氣。或許是我多心了，可她的臉色並不好看，眼圈還很黑。而且重點是，有一個地方讓這名少女跟平常的她有決定性的不同。

——她的頭上，浮現了數字『29』。

「今天的小唯，沒什麼精神啊。」

當我們在離學校最近的鐵路車站下車，走在通往學校的路上時，和也以憂鬱的聲調發出感嘆。他似乎也察覺到雨妹的變化了。

「是不是跟朋友或父母親吵架了啊？」

「這個嘛……好像是出了一些事。」

他應該已經當面聽她說過了，不過我沒有繼續問下去。

通常來說，死亡的倒數計時會從『99』開始。好比我就是如此，走在我身旁的和也是一個例子。不過也有例外，過去曾有好幾個人在某一天以前死期不可見，卻在突然間冒出一個不上不下的數字。像明梨就是那樣，我的爸爸也是其中之一。

那一天夜晚，還是國小五年級學生的我剛在自己不擅長的數學考試拿到高分，正高興得不得了。

爸爸好像因為加班的關係，那天晚上八點以後才回到家。而我已經吃過晚餐，在客廳跟媽媽一起看電視。

「我回來啦～」

那已經累到虛弱無力的聲音讓我轉頭回望，看到爸爸頭上浮現了數字『12』。我發不出聲音，呆呆地看著那個在晃動的不祥數字。直到昨天為止，不對，就算是今天早上看到他的時候也沒有浮現任何東西。至今從來沒有發生過這種事，為什麼會變成這樣，我也沒有頭緒。我嚇得不知該如何是好，於是跑到自己房間，將被單蓋到自己頭上。

事後我聽說，爸爸決定在那一天的十二天後，也就是星期六當天，要去參加一場業餘棒球比賽。爸爸好像是受到公司的人邀請，因為球隊突然缺人，所以就來詢問他的樣子。曾說自己有幾十年沒打棒球的爸爸，鬥志高昂的買下了全新的棒球手套與球棒。

爸爸連我的手套也買了，一到假日我就在公園玩傳接球，成了爸爸的練習對象。

「接得好！新太，你說不定有打棒球的才能。」

看到爸爸在晃動數字『7』的同時露出潔白牙齒笑著的模樣，我找不到話語回應。

星期六一到，聽說爸爸會在早上八點出門的我，七點就起床了。

「爸爸不好意思，我想去一個地方。」

在爸爸離開家門的前一刻，我試著想辦法努力阻止，可是沒用。

「我很早就說過今天要打業餘棒球吧？下禮拜我再帶你去，去做習題。」

如果在這裡讓爸爸走了，大概他就不會再回到這個家了吧？要救爸爸，只能在這個時間點。然而對於年幼的我來說，並沒有更多的辦法去阻止爸爸。我希望不管是阿貓阿狗還是烏鴉都好，能夠有個什麼來把邁向死亡的爸爸攔下來。

之後爸爸在前往棒球場的路上遭遇事故，成了字面意義上的「未歸身亡者」。

那一天發生的事，我幾乎每天都在後悔。為什麼我沒能去阻止呢，難道沒有其他可以做的事嗎？爸爸走出家門的背影，如今我依然可以清楚回想起來。

接下來我便思考，為什麼爸爸頭上的數字會突然出現？這是理所當然的疑問。通常來說應該要從『99』開始才對，不過出現在爸爸頭上的數字卻是『12』。不管怎麼思考，那個時候的我並無法得知真相。

兩年後，明梨頭上突然冒出了數字『31』。

我在腦中對爸爸的事情跟明梨的事情苦思良久，在思考了三天三夜後，我推導出來的答案是這樣的——

我認為這種突然浮現不上不下數字的現象，原因很可能是出現了諸如突然有事或臨時起意自殺等，對當事人而言並不尋常的狀況，導致命運產生改變。

爸爸本來不是業餘棒球隊的隊員，是在有人受傷之後接受臨時邀請，並在前往棒球場的路上遭遇事故。如果沒有那場不尋常的邀請，爸爸就不會死了。

令人悲傷的是，明梨的情況也是一樣。我一建議明梨當執行幹部，她的命運就為之改變。明梨如果沒有被我說服去當執行幹部，可能就會專心在社團活動上。命運不是基於本人的意願，而是在他人的介入下發生改變，倒數計時就開始了。

我不知道對不對，可是，我無法想像這以外的可能性。

雨妹的頭上會出現數字，應該也可能是因為突然有事導致命運改變，或是她的身體出了某種狀況，於是開始考慮自殺，就這兩者其中之一吧。以我在鐵路車站月台上所看到的她的表情來推測，我想可能是後者。

我完全沒想過連和也喜歡的人都會冒出數字來，但這就是她的命運，所以也無可奈何。我用這種老套想法維持心緒平靜。

這一天的上課時間，我還是用讀閒書的方式度過。雖然最近不管讀什麼都看不進腦袋裡，只能用眼睛跟著文字跑，不過光是把書打開，我的心就鎮靜不少。

放學以後，由於和也好像有事先一步離開學校，於是我獨自一人前往社團教室。這間文藝社的社團教室，我還可以再來幾次呢？我走在空無一人的社團教室裡，將收納在書架上的書本從這一頭看到另外一頭。

然而我不管怎麼看，就是沒有讀書的心情，於是將手伸向豎立在牆邊的瓦楞紙箱。那紙箱裡頭裝了用文化祭的收入買的書架，好像是黑瀨上網買來的，在尚未組裝的狀態下就擺在那邊了。

我將那紙箱開封，一面看說明書一面組裝。木製的書架，讓整間社團教室充溢強烈的檜木香氣。

「啊，你正在組裝嗎？木頭的香味好濃呀。」

黑瀨在我剛把所有零件從紙箱裡拿出來的時候進來了。由於前陣子的事情，我有點尷尬。

「咦，和也呢？」

「……他說有事。」

「是哦，這樣呀。」

之後我默默組裝書架。黑瀨坐在位子上開始讀書。當然，書上有封套。

「不好意思，麻煩妳幫我把另一頭固定一下。」

由於有個部位很難獨自組裝，因此我開口喊黑瀨過來幫忙。黑瀨用力將書闔上，快步走向我。

「這邊嗎？」

「對，就這樣幫我拿在平行的位置。」

我用紙箱附加的工具將螺絲拴緊，把書架的頂板固定住。雖然需要黑瀨幫忙的作業已經結束，但她一直協助我到組裝完成。

「完成了呢。因為賣社刊的錢應該還有剩，下回我們三個人一起去買書吧。」

「……嗯，下回吧。」

由於我刻意隔了一段時間才如此低聲自語的關係，社團教室瀰漫微妙的氣氛。畢竟我跟和也已經沒有什麼下回了，而且想到用辛苦賺來的收入買下來的書自己卻讀不到，我的內心就此陷入空虛。

「你認為和也的死因會是什麼呢？」

回到自己位子上的黑瀨，脫口說出這麼一句唐突的問題。

「不好說呢。因為他看起來很健康，所以我覺得不會是病死，而且他也不是會遭人怨恨的傢伙，所以我也覺得不會是他殺。再說和也不可能去自殺，用消去法推測，應該是意外事故死亡吧？他從以前就莽莽撞撞的了。」

在說這些話的同時，我自己還是覺得沒什麼真實感。在親眼目睹數字以前，我一直認為野崎和也是跟死亡無緣的男人。他開朗快活、充滿生命力，不管到哪邊都可以打入團體核心。這樣的和也會在剛好兩個禮拜後就從世界上消失，我還是很難相信。儘管這樣，既然他的頭上已經浮現數字，他的死亡就無可避免。

「我也是這麼想。他總是邊走邊看智慧型手機，果然還是意外事故嗎？第二個原因可能是殺人，最近有在播報隨機殺人的新聞。」

「啊啊，好像犯人還沒有抓到？不過那是隔壁縣的案件，當線索也有點薄弱。」

「大意失荊州！一旦走到路上，說不定旁邊的人就是殺人犯哦。」

我無意間往桌上望去，看到黑瀨已經把筆記本攤開並緊握著筆。我繞到她身後，探頭看著筆記本的內容。

『和也』、『十二月一日』、『死因』、『意外事故死亡』、『他殺』、『自殺』，這些看起來相當不吉利的文字同時出現在筆記裡。黑瀨從畫上圈圈的『和也』文字周圍拉出好幾道線條，似乎在用她的方法對和也的死因進行推測。

「十二月一日校慶那天會放假，我們三個人要不要去哪裡聚一下？」

「……呃，我就不去了。」

「就算不協助我也沒關係，新太你也一起來。以前你都這麼做了，這回你也會來的吧？」

「我不會去。」

隔了一段時間，黑瀨才以陰暗的表情說了一句：「為什麼？」

「因為我不想看到和也死在我眼前。」

「我會當保鑣，絕對不會讓他死的。」

明明直到目前為止都沒有救下人的先例，黑瀨卻自信滿滿的如此斷言。我每次都對她那份自信到底從何而來感到疑惑。

「妳每次都這麼說，結果店長跟沙耶香還不是死了，和也一定也一樣。」

連一句話都無法反駁的黑瀨，神情低落的垂下頭去。或許說得有些過分，但我認為事情應該要說清楚。沙耶香出事時如果我沒有阻止，黑瀨就很有可能遇上危險。黑瀨的行為會讓她自身陷入險境，待在即將要死的人旁邊，也會有遭受波及的可能性；如果非但救不到人，反倒連自己的命都丟了，不就失去當初的意義了嗎？

「沒關係，我一個人來就好。相對的，如果我能救下和也，希望你也要避免自己的死。再說當初那場社刊全部賣完你就要避免死亡的賭局，可是我贏了呀。」

「那場賭局是無效的，我又沒同意。而且說到底，到底要怎麼做才可以避免啊？」

黑瀨將筆記本翻過一頁，並將頁面攤平，讓我能看見上面寫的字。

『新太　十二月六日　意外事故死亡』

看樣子依照黑瀨的見解，我確定就是意外事故死亡了。雖然我有點想抱怨為什麼自己只有單一選項，不過後續還有下文。

『避免死亡的方法　跟學校請假不要離開房間』

她細心地將這樣的事情寫了下來。可說是簡單粗暴，一看就懂。但搞不好會有效。

「我的作戰計畫，是不是非常完美？」

黑瀨以自誇的姿態撇起嘴角如此說。我嘆了一口氣回應她：

「我之前說過，如果我是因為家中發生火災，或是心臟病發作之類的狀況死掉的話，這麼做就沒意義啦。」

「別這麼說。我認為實行我的作戰計畫，你得救的機率會比較高。」

「我不認為事情會這麼簡單……」

我邊說邊站起身，伸手拿起書包。

「要回去了嗎？作戰會議還沒有結束哦。」

「十二月一日我要在家睡覺，十二月六日我要去學校。就這樣，會議結束。」

雖然黑瀨在我背後繼續抱怨，不過我沒理她，直接離開社團教室。

或許，要救下一個人，說不定沒有想像中那麼困難。

我的內心唐突出現這樣的想法：對於意外事故，只要事先讓當事人在原處停留幾秒鐘就可以避免遇上；對於自殺，也可以進行說服跟阻擾。雖然他殺或病死很難處理，但對高中生而言，這兩種狀況不但罕見，也很難想像會發生。所以我跟和也的死，或許可以簡單預防也說不定？

然而，即便已經想過好幾次，但我沒有這種選項。我會坦率接納自己的命運，度過不讓自己後悔的剩餘時光。我當然怕死，不過因為這是我推導出來的答案，所以不管黑瀨說什麼，我都沒有改變想法的意思。

過了晚上十二點，我頭上的數字變成『21』。我沒去學校，把時間用在臨終活動上。

首先我想對現實的事情逐一清算。

整個上午我都在一心一意閱讀那些擱在書架還沒看過的小說，以減少其數量。在死以前，果然還是應該要先把那本書看完才對。為了讓這樣的後悔心情多少減輕一點，我還必須要讓擱在書架上的書減少一些。

由於下午我有打工，因此我騎上自行車前往便利商店。

我打算告知店方，自己會在這個月的月底辭職。其實本來應該要再提早幾天告知離職意願才對，但我沒有想到那麼多。

我一抵達便利商店，便馬上向田中前輩表達自己要離職的意向，結果她只回了句：「別跟我說，等店長來再跟他講」。

新店長比已故的店長還要嚴格，我拿他沒辦法。

我在平順完成工作、即將回去時向店長表示要辭職。明明我連離職的理由都沒有說，對方卻爽快點頭同意，讓我有些失落。我輕輕點頭鞠躬，心想如果是已故店長就一定會慰留我，隨即騎上自行車，在黑漆漆的夜路上急速行駛。

第二天我還是沒去學校，雖然一大早和也跟黑瀨都透過手機聯絡我，但我全都沒理會。

這一天我先用一整個上午看小說，下午則開始玩還沒破關的遊戲，直到深夜把最後大魔王打倒並觀看結尾的製作團隊名單。破關所帶來的成就感與莫名興起的虛無感同時襲擊而來，等到我察覺時已經淚流滿面了。

第三天跟第四天，我依然沒去學校，而是在家中處理自己可以做的事。原本擱著還沒讀過的書又減少了幾本，自己想看的電影也訂閱下來，並連續看了三部。

再來就是整理書桌內部，我把被人看到會很困擾的東西扔掉了。至於遺書要怎麼處理，我猶豫到最後還是沒有寫。如果我的遺書是在意外事故死亡後才被人發現，讓人以為我意圖自殺、產生不必要懷疑的話就不好了。這樣一來最麻煩的人就是媽媽。所以，我不打算留遺書。

之後星期六來臨了。我在鏡中看到自己頭上的數字已經變成『17』，並對自己不小心瞄到的舉動感到後悔。雖然這幾天我都刻意不去看鏡子，但今天卻不自覺在洗臉時讓數字映入自己眼中。

我感到心如刀割。曾經是那麼大的數字，如今所剩無幾。

我在國中時代曾經一直盼望著畢業，等到畢業典禮即將來臨卻飽受寂寥感折磨，對在此之前已經平白浪費的日子感到後悔。儘管我覺得現在的心境跟那時很像，可是如果拿來跟那種等級的事情相提並論的話，還是會很難堪吧？我在如此獨自深思的同時也換上了衣服，離開家門。

我第一個前往的地方是美容院。今天早上照鏡子的時候，我察覺到自己的頭髮已經長了不少，畢竟死之前還是要整理儀容，於是便走進一間無需預約的店家。

「您打算修剪成什麼樣的感覺呢？」

「……隨便都好，全權交給你處理。」

「我明白了。」

我很快就後悔來美容院了。雖說是理所當然，不過美容院有鏡子，而且還就在眼前。由於一不小心就會看到討厭的數字，因此我在剪髮結束以前，都閉著眼睛以求撐過這段時間。然而那名美容師卻是個會一直主動搭話的人，我在無奈之下只好張開雙眼。

「客人您是高中生嗎？」

他是一名四十多歲留著鬍鬚，頗有美容宗師風格的男子。因為是透過鏡子觀看的關係，他的臉被我的數字擋到看不太清楚。總覺得這光景還滿有趣的，讓我自然流露出了笑容。

將近一個小時，我忍受著美容師幾近拷問的詢問攻勢。結束付錢後，便立刻離開美容院。

之後我順路走到以前時常來玩的公園，在小時候滿照顧我的平價零食店買了點東西，從事一段近鄰回憶之旅。

沉浸在懷舊心情的我，將開始染上橙色的天空拍成相片。總覺得天空的色調令人懷念，像極了我現在的心情。

就在我獨自一人心滿意足，覺得自己可能已經好久沒有這麼充實度過一天的時候，手機響了。

『現在要不要見個面？』

是來自黑瀨的訊息。由於今天還有地方要去，因此我只讓它呈現已讀狀態，便把手機收進口袋。

這一天我最後要去探訪的地方，是外婆所住的醫院。因為我不知道還可以去探病多少回，所以想在還可以去的時候就去。因為明天是假日，所以我也打算來，從學校回去的時候也過來醫院幾趟吧。我想著這些事並搭上電梯。

在四樓離開電梯後我走向外婆的病房，位於途中的交誼廳空無一人。我突然想起推特上的訊息，往裡面走進去。一直在這裡孤零零一個人畫畫的少女，再過沒幾天就會死。那個少女是以什麼樣的心情，畫著什麼樣的圖畫呢？事到如今，我已經無從得知。

我站在窗邊，眺望遠方已經完全變色的天空，金星正綻放著閃亮的光輝。

我又在交誼廳坐著不動了幾分鐘，隨後趕往外婆的病房。差不多要到晚餐時間了，我想跟外婆說些話，並趕在晚餐前回去。

外婆的病房門是敞開的，我悄悄的踏步進入。然而，我的腳沒辦法繼續前進。看到外婆起身坐在病床上閱讀厚重書本的身影，我在一瞬間陷入時間停止的錯覺。

外婆的頭上，浮現著數字『95』。外婆沒有發現我，仍舊以慈祥的表情翻著書頁。我連一步也動彈不得，只能目不轉睛的呆望那個毛骨悚然的數字。

「後面有人，對不起。」

送晚餐過來的護理師出聲叫我。我順勢跟對方錯身而過，以向後退卻的姿態離開病房。

我在空無一人的交誼廳長椅上坐了下去，深低著頭。我早就知道這樣的日子遲早會來，畢竟醫師宣告的外婆餘命早就已經超過很久了。既然這樣，希望這個日子能在我死之後才到來。為什麼是在這個時間點，為什麼我會不小心看到我不想看到的東西，為什麼、為什麼……？

我低著頭，流著眼淚。外婆的生命期限，還有三個月又多一點，那時候我已經不在這個人世。如果能繼續完全不知情下去就好了。在我死掉以後，外婆還可以活到長命百歲，我好希望自己在死以前都可以這樣相信。我不斷擦去滿溢流出的淚水，但眼淚就是停不下來。

「沒事吧？方便的話，請用這個。」

我抬頭向那溫柔的聲音來源望去，那個正晃著數字『15』的少女伸手將一條水藍色的手帕遞給我。臉色不太好看的她將速寫本夾在腋下，以擔憂的神情一直看著我。

「我沒事，請不用在意。」

我沒接受手帕，直接將臉別過去。她坐到我旁邊，身上散發花的香氣。

「你為什麼在哭呢？」

她沒有一絲遲疑，以詢問小孩的溫柔聲調這麼問我。

我連一眼都沒看她，回了一句「沒什麼」。現在我想獨處。

「是哦，這樣呀。」

她說完這句話，便將速寫本翻到還是白紙的頁面。她打開彩色鉛筆的盒子，從裡頭拿出黑色鉛筆並以輕快的筆觸開始畫畫。

「……抱歉，要畫畫的話可以在那邊畫嗎？有桌子用不是比較好畫？」

「今天我要在這裡畫，不過如果打擾到你，我就換地方。」

「呃，是沒差。」

她在畫畫，我在低頭。在重回寂靜的交誼廳當中，只有鉛筆聲舒暢作響。

我在這麼低頭幾分鐘後回到原來姿勢並看了速寫本一眼，因為她的畫遠比我想像的好看，我不自覺探身過去看到入神。

「這個，是叫什麼花？」

我忍不住如此問道。儘管還沒有上色，不過上面畫了三朵花。她沒停手直接回答：

「這種花叫非洲菊，你不知道嗎？」

「聽是有聽過啦。」

「這是我最喜歡的花。」

她露出微笑繼續畫畫。明明死期將至，現在是可以悠哉畫圖的時候嗎？我對此感到疑問。

「為什麼妳在畫畫呢？我覺得妳把時間用在這種事情上面很可惜。」

明明妳在兩個禮拜以後就會死啊。不過這句話我是絕對說不出口的。

「因為對我來說，畫畫跟生存是一樣的。」

「嗯？什麼意思？」

對現在的我來說，她那句話實在無法聽過就算。

「你不覺得人的一生，跟畫畫有一點點像嗎？」

「……哪裡像？」

我反問之後，她停下手來將臉望向我，說：

「每一個人都在用一生的時間，在全白的紙上一筆一筆的畫著名為人生的畫。雖然一開始只有黑色鉛筆，可是跟各式各樣的人相遇，就可以拿到自己沒有的顏色。我在遇到自己珍惜的人以後，本來是黑白的世界就沾上彩色了。」

可能是回想起那個所謂自己珍惜的人了吧？她的臉頰染上紅暈微笑起來，然後從彩色鉛筆盒裡頭將紅色、黃色與橙色的鉛筆拿在手上，我則一直凝視著那三支彩色鉛筆。沒多久，她用紅色鉛筆為非洲菊的花朵上色。

「像這樣跟很多人相遇，才可以替畫上色，把畫完成。雖然生存就是會有許許多多開心的事情跟難過的事情，可是我覺得為了要把畫完成，兩者都是必要的。因為我的畫還未完成，所以我還不可以死。」

這回她一邊說話一邊伸手拿起橙色鉛筆，為黑白的花朵增添色彩。那輕快且纖細的手部動作，怎麼看都不會厭煩。

「可是，畫如果出錯了可以修正重畫，人生出錯的話可是無法修正重來啊。畫跟人生，我覺得還是有點不一樣。」

彆扭的我，抓住對方的語病唱反調。她對我露出令人憐愛的笑容，搖了搖頭，說：

「才沒有這種事呢。我覺得不管出錯多少次，都可以重新修正重來。因為畫可以不斷出錯直到越畫越棒，我想人生也是一樣的。」

我沒好氣的回了句「這樣啊」並起身站立。她的話語既直接又純粹，這對現在的我來說相當痛苦。

「抱歉打擾小畫家作畫了。我要回去，妳就畫到高興為止吧。」

「小畫家呀，總覺得你好像把我當小孩子看待耶？不過我本來以為自己應該是大姊姊的。」

她露出彷彿包容一切的溫柔笑容並這麼說。不知在什麼時候她已經把畫完成，紅色、黃色、橙色的非洲菊，為全白的紙添上色彩。

我望著她的畫好一會兒，然後向她點頭致意，離開那個地方。

明明她是擔心我這個哭泣的人才主動發聲的，我卻用冷淡輕視的態度對待她。下回如果有機會見面，我要向她道歉。如此心想的我，在逐漸昏暗的晚秋天空下低頭無力的行走。

第二天星期日，雖然我一大早就從床上起來，卻又去睡了第一第二以及第三次回籠覺，直到手機響個不停，才終於從昏睡中甦醒。

會傳訊息聯絡我的人不多。果然如我所料，訊息是和也跟黑瀨傳來的。

明天要來學校啦。想必訊息的內容就是那樣，要去開啟也很麻煩，於是我把手機設成震動模式並靜靜塞到枕頭底下。

時間剛過中午，我好像又睡了一陣子。都怪昨天不小心看到了外婆的生命期限，害我連睡也睡不好。

我下樓來到客廳，看到桌上有一盤蛋包飯；沒有媽媽的身影，她可能出門了。我將蛋包飯重新加熱，把保鮮膜拿掉以後大口吃飯。這說不定是我最後一次吃媽媽做的蛋包飯了。想到這裡，淚水就扭曲了我的視野。我極力忍住滿溢的淚水，不讓它滴落；並將蕃茄醬炒飯送入口中，細細品嘗味道。

之後我窩在自己房間裡找尋小說來閱讀，原本大量堆積的那些還沒看過的書也只剩下兩本。如果在平常我就會趕忙去追加藏書數量，但對現在的我而言已無必要。假如沒看完，就把這幾本書放進我的棺材裡吧。

正當我在想這種蠢事的時候，對講機發出了聲響。我覺得應門很麻煩於是繼續讀書，結果對講機響了第二聲跟第三聲，我只好咋一下舌頭走向玄關。

「你太慢出來了！該不會還在睡？」

我一打開玄關大門，穿著一身黑色大衣的黑瀨就站在那裡。

「為什麼妳知道我家？我可沒印象有跟妳提過。」

「是和也告訴我的。剛才我傳訊息聯絡過你，你沒看手機嗎？」

「……啊，我沒看。」

我只好讓因寒冷而縮著肩膀的黑瀨進來家裡，並帶她到我的房間。

「哦，沒想到你房間還滿普通的耶。」

在脫下黑色大衣後，黑瀨把整個房間環顧了一遍並失望地說道。她在大衣底下穿的還是黑色的衣服。

「妳是在期待什麼樣的房間啦。」

「像是擺設萌系動畫的人物模型，或是有奇怪雜誌之類的。」

「才沒有那些東西。」

「啊，這本書我看過。」

黑瀨伸手從書架裡取出一本書並隨意翻了幾頁。我很驚訝她會看自我啟發書籍以外的東西。

我離開房間打算去拿些飲料。因為冰箱裡有柳橙汁跟可樂，於是我伸手從其中拿了兩罐。

當我再度回到房間時，黑瀨已經在我的床上坐下來看書。我坐在書桌的椅子上，用眼角餘光瞥了黑瀨一眼。她毫無防備的姿態，讓我的心臟加速跳動。

這是我第一次邀請明梨以外的異性上來自己房間。總覺得一直鎮靜不下來，我只好專注盯著手上這罐柳橙汁的營養標示。

「啊，我要喝柳橙汁。」

「沒問題，請用。」

我把罐子扔給黑瀨，黑瀨用雙手接住了它。她打開罐子咕嘟咕嘟喝了幾口，然後吐了一口氣並說了一句「好喝」。

在黑瀨又喝了一口果汁之後，她換了一個聲調開始說話：

「我是這麼想的。」

「想什麼？」

因為她的表情突然認真起來，我也端正自己的姿勢。

「以前我也提過一個問題：為什麼我看得見人的死亡呢？新太你認為是為什麼？」

我想了幾秒鐘，沒好氣的說了句「不知道」。又是這種話題啊。我不懂她質問的意圖。

「我還是認為當中存在著某種意義。知道人的死期卻毫無用處，這種狀況才讓人無法理解吧？」

我不是不明白她這番話的意思。為什麼我看得見人的死期，看見了以後又該怎麼辦才好，我依然找不到這些疑問的答案。然而我到目前為止，都沒介入過人的生死，只貫徹靜觀的立場。即便過去曾為了救爸爸跟明梨奔走，但在那之後，我就什麼事也沒做過了。

我大概知道黑瀨接下來想說什麼，不過不管她怎麼講，我也不打算改變自己的意見。

「那麼，妳覺得是什麼？」

「應該是要為了守護自己珍惜的人的生命吧，一定是這樣。」

我覺得這是個很有黑瀨風格的答案。她總是講理想卻不顧現實的思考方式，讓我越來越焦躁。

「也許要把所有我看得見死期的人都救出來是很困難，可是我希望能夠守護身邊自己珍惜的人的生命，這想法有這麼不好嗎？」

我認為這想法沒啥不好，但也不見得是件好事。舉例來說，我救了一個人的命，而那人如果將來引發了什麼事故或是犯下殺人罪行，會不會就等於是我間接殺了人啊？另外或許是我想太多，不過讓原本應該要死的人活下來，搞不好也會讓某人因此而死，這樣的情況說不定存在。

「我是不太懂。」

「新太以前也偶然救過小孩的生命吧？」

「……是救過。」

「你會後悔救他嗎？」

我陷入思考。當時等待我的確實不是稱讚也不是致謝，而是毆打與痛罵；然而我從不認為不救他就好了。比起什麼都不做，讓少年在我眼前被卡車撞死，我寧願挨打挨罵，不過我也不知道少年後來怎麼樣就是了。

「如果你看到比和也更親近的人的死期，你會怎麼辦呢？像是情人，或者是母親之類的。即使這樣，你還是會見死不救嗎？」

我找不到語句可以回應一臉悲痛的黑瀨。如果媽媽的頭上也看得見數字的話，我會怎麼辦呢。或許我沒辦法見死不救，但我也沒自信能成功救下她。我可以輕易想像出未來的發展，就是無能為力且絕望的結局，好比爸爸和明梨的時候一樣。

「如果和也死了，新太會後悔吧。你應該會這麼想，果然還是要救他比較好。」

「妳可以回去了。」

我脫口說出這句話，打斷了黑瀨。

「我也不是不懂你的心情……」

「回去啦！」

我抓起黑瀨的大衣，強迫她拿著。她雖然開口似乎要說些什麼，但還是面露不滿地離開了房間。

我打開手上的可樂罐，一口氣把一整罐可樂喝完，再把空罐隨手扔在桌上，抓起枕頭就往地板摔。儘管如此，胃酸還是壓不下去，我又去捶房間的牆壁。

連我自己都無法把現在的情緒說明白。明明是我自己的事，我卻一直沒辦法理解自己在生什麼氣。

就在我以整個背部向後落下的姿態，大力仰倒在床上的時候，手機響了。

『明天要來學校哦。』

是黑瀨的訊息。我沒有回應，整個人鑽進被窩裡。

我在頭上的數字變成『15』的星期一上午，換好衣服離開家門。今天我想去學校，倒不是因為黑瀨的要求，而是另有原因。

我抵達學校時正好是午休時間，當我走進教室時，其他同學都露出了驚訝的表情。

「喂望月，你沒事吧？一副死人臉耶。」

坐在我旁邊的男學生直盯著我的臉這麼說。

「嗯，我沒事。」

「這、這樣啊，這樣就好。」

他說完這句話，便離開座位走出教室。其他學生也將臉轉往別處，擺明讓我知道他們在避免跟我對上眼。我的臉色真的有那麼難看嗎？因為我今天沒有照鏡子，所以不知道。

放學以後，我離開教室前往文藝社的社團教室。

我走進社團教室沒多久和也就來了。他一坐到位子上就打開筆記型電腦，開始敲打鍵盤。

「新太，你最近沒事吧？一直在請假，連訊息也不回；才想說你終於來了臉色又那麼差，出了什麼事啊？」

和也停下手來，以認真的眼神望向我，他會抱持疑問也不是沒有道理。然而，我無法說自己的命還剩下十五天所以無可奈何，只好用一句「有一點小感冒」糊弄過去。

和也似乎無法釋懷，說了一句「這樣啊」就面無表情凝視著螢幕。

「話說回來，小說還在推敲中嗎？」

「啊啊，那個昨天已經寫完了，正在煩惱下一篇要寫什麼好。」

一直浮現數字『10』的和也以煩惱的語氣如此說。就算他現在就開始寫長篇小說，一定也沒辦法完結吧。

「辛苦啦。雖然你講過沒辦法寫長篇小說，不過很厲害啊。」

「人只要有那個心，基本上所有事情都辦得到，我猜就算是新太也寫得出來喔。」

「只要有那個心……嗎？」

我意味深長的低聲說著，隨即改變話題。

「如果你還沒有決定下一篇小說的內容，我想拜託你。」

「嗯？什麼？」

和也將視線從電腦螢幕移向我。我深呼吸一口氣之後，開口說：

「我希望你寫一篇關於『看得見死亡之人』的故事。主角不小心看見了自己跟好友的死期。由於過去沒能救到自己珍惜的人，因此讓他一直認為自己跟好友的死都是命運，應該要逆來順受。這個主角會如何行動呢？我希望你把這樣的故事寫出來。」

和也滿臉目瞪口呆地聽我把話說完。這幾天我一直在思考，如果是和也的話，他會怎麼做？假如我跟和也的立場互換，他會如何行動？我希望他能在小說裡把答案寫出來。我就是為了拜託他這件事，今天才會專程到原本一點也不想來的學校。

「這個題材好像很有趣，新太你來寫寫看啊？我反而比較想看這種故事耶。」

「呃，我不會寫小說。不過無論如何，我希望和也寫出來。」

和也沉默一會兒後，點頭說：「好啦好啦，知道了知道了」。

「謝謝。可以的話不用寫到長篇，拜託你寫成短篇。」

「嗯，我知道了。」

和也說完這句話便持續沉思，接著他很有節奏的敲打鍵盤。我則開始閱讀自己帶過來的文庫版書本，並拿他敲鍵盤的聲音當背景音樂（ＢＧＭ）。

幾分鐘後社團教室的門開了，不用說也知道來的人是黑瀨。她一坐在位子上，我就挺腰起身說：

「今天我有打工，差不多要回去了。」

「喔。」

我沒跟黑瀨對上眼，直接離開社團教室。

這一天我並沒有安排打工。不過事情已經辦完了，而且跟黑瀨面對面會讓我尷尬。

週末來臨時，我頭上的數字也終於變成一位數。這一個禮拜我做什麼都有氣無力，心不在焉的過了一天又一天。

很久沒有認真去照鏡子，自己在鏡中呈現的身影讓我半天說不出話來。臉頰削瘦、冒出黑眼圈，簡直就像是另一個人。最近都沒什麼食慾，終於到了媽媽要拉我去醫院的地步，我只好在昨天夜晚將晚餐一掃而空。

媽媽一定以為我在班上受到霸凌才拒絕去上學吧。我一直沒說自己不去學校的理由，媽媽也沒問。她應該是在顧慮我，我不想說的事情，她會等我把一切都說出來。媽媽從以前就是這種態度，讓我覺得相當窩心。對於這樣的媽媽，我只有感謝。可是，與其道謝，我更想對媽媽表達歉意。我要說，請原諒我這個早死的兒子。

雖然和也傳訊息過來約我去玩，但我沒回應並再度鑽進被窩裡。看到和也跟我同樣浮現一位數字的身影，也會令我難受。儘管因為很快就再也見不到面，所以照理來說應該要跟他見個面，聊個幾句才對，但我的身體卻沉重到起不來。由於太過難受，或許我可能連正常對話都辦不到。

在明梨死後我做了決定，假如看到親近的人的壽命，我會用珍惜的心跟對方度過最後的時光，並親眼見證對方的死。可是到頭來，我還是沒辦法這麼做。儘管我在和也面前強裝鎮靜，可是該怎麼對待他才好、該用什麼樣的表情笑才好、該說什麼話才好，我根本就不知道正確答案。每當看到和也的數字減少，我的焦慮與恐懼就日復一日增加，精神逐漸受到啃蝕。

——用珍惜的心跟這個人度過最後的時光，並親眼見證對方的死。

我對過去自己的愚蠢念頭感到不快，不甘心的淚水從眼中溢出、流淌而下，一滴一滴落在枕頭上。

可能是哭累到睡著了，等到我有所察覺時已經到了下午。今天是打工的最後一天，雖然還有充足的時間，不過我依舊提早出門。

在單程三十分鐘的通勤路上，正好可以用來想事情。我反倒覺得打工地點稍微遠一點更好，對現在的我來說，思考的時間不管有多少都不夠。

我因為繞了遠路，直到上班時間前一刻才完成打卡，並匆忙換上制服走進店內。

即便這將會是人生最後一次打工，但我沒那個氣力去發揮比平常還要高昂的鬥志，精神抖擻的接待客人了。我一如往常讓自己混到不會被罵的程度，默默進行作業。

過了差不多一小時以後，我在店內偶然發現黑瀨正在便利商店外面行走的身影。她好像也在確認我在不在，一跟我對上眼就走進店裡來。

「你已經不會再來學校了嗎？」

當我重新開始進行點心類商品的補充作業時，黑瀨如此問我。我手沒停下來就直接回答。

「怎麼說呢，去了也沒意義。」

「如果你只是一直待在家裡的話就來吧，和也很擔心你呀。」

「與其找我，妳還是去關心和也吧。畢竟和也只剩四天了。」

由於客人開始排隊，因此我走向收銀櫃檯。當我以熟練的手勢完成收銀機的操作後，黑瀨拿了兩個巧克力點心站到我面前。

我一言不發讀取條碼，連金額都沒有告訴黑瀨，就收了她拿給我的硬幣。

「我聽和也說了，你請他寫小說對不對？」

「……是啊。」

「和也寫的主角如果會幫助好友，你也會這麼做嗎？」

「……有客人在等。」

黑瀨後面有兩個約莫國中生年紀的少年在等候。

「啊，真的。明天要來學校哦。這個，給你。」

黑瀨把剛買的巧克力點心拿給我。她對那兩個在排隊的少年出聲說了一句抱歉，就離開便利商店。

我在那之後依然平靜進行作業。在我毫無疏失且順利完成商品擺設、拖地、緊急支援收銀櫃檯等工作的時候，下班時間也到了。

「望月，雖然共事的時間短暫，不過辛苦你了。」

當我打完卡正急著要回去時，田中給了我一罐咖啡。我特意向她低頭鞠躬並開口說：「真是謝謝您」，再離開便利商店。

我騎上停在停車場的自行車，回頭最後一次看著這間自己工作大約兩個月的便利商店。想到我已經不會再到這個地方來了，就覺得有一絲惋惜。

或許是最後一次走這條路了、或許是最後一次吃這道料理了、或許是最後一次見那個人了。我在這幾天，對這些或許是最後一次的事情，感受更加的強烈。

理所當然會走的路、理所當然會吃的料理、理所當然會見的朋友，事到如今，我才發覺以往的這一切並不理所當然。

活到今天，我才驚覺自己沒能珍惜平凡日常中的每一張頁面。直到接近臨終的日子才發現這點，也已經太遲了。不過這非常像我會做的事。

等到一切要結束時才來後悔、才會強烈厭惡自己。我就是這樣的人，也這麼活過了十六個年頭。如果我看不見頭上的數字，一定會在毫無覺察的情況下就此死去。想到這裡，我忽然覺得看得見死期或許是好事。

一陣特別寒冷的風吹過，讓我縮起肩膀。

我向便利商店低頭行禮後踩下踏板，在恢復沉靜的夜路上疾行。

頭上的數字變成『8』了。雖然起床時已經是中午，不過這絕對不是因為我太懶散的緣故。

自從數字小於兩個禮拜以後，我晚上就睡不好。當我還在想東想西的時候，清晨就來臨了，要再睡兩、三個小時到中午時分才會醒。因為睡眠淺到連一點睡著的感覺都沒有，再加上頭痛跟耳鳴日復一日不斷惡化，每天一開始心情就憂鬱。再重複這個狀況幾次，我就死了。

沉浸在感傷中的我拉開窗簾，讓室內吸取陽光。因為在昏暗的房間裡會連心情都沉重下去，所以我沐浴在太陽光下，試圖重新振作。

我簡單吃了一頓早午餐並打理服裝儀容，然後離開家門。我哪裡也不去，只想散散步轉換心情。

在我走到附近的公園時，便看到一個背書包的少年正坐在鞦韆上。將棒球帽戴到遮住眼睛的他，低著頭搖晃著鞦韆。很久不見的他頭上的數字是『20』，就是那個拿書包的少年。

雖然由我來說也不太恰當，不過在非假日的這個時間會待在公園，代表他也是基於某種理由——可能是遭受霸凌才不想去學校吧？或許少年從一大早就一直待在這裡也說不定。可能他正為自己無法跟朋友或老師、乃至於父母親商量而感到痛苦。

即使真是這樣，我也沒有任何能做的事。這是他的命運，我不應該介入；而且說到底，他死的時候我已經不在人世。即便我先前是關心過少年，不過我如此說服自己：因為我沒有任何可以為他做的事，所以不算見死不救。

如果國中時代的沙耶香遇上的那位老師就在少年身邊的話，他一定也可以得到救贖吧？想著這種事的我就這麼走過公園。

當我又走了差不多十分鐘的時候，背後傳來一句懷念的人聲。

「咦，你該不會是新太吧？」

我轉身望去，一名騎著自行車的中年女子張大眼睛望著我。

「果然沒錯！你現在怎麼變那麼瘦？」

「好久不見。瘦了……或許吧。」

她是我的初戀、夏川明梨的母親。儘管就住在這附近，不過上次跟她碰面已經是明梨喪禮時的事了。雖然有好幾次在路邊看到她，但我因為覺得明梨的死跟自己有關，感到良心有愧，所以每次都在她看到我之前逃開了。

「真的是好久不見了耶。今天學校放假嗎？」

「呃，今天只有上半天課。」

我隨口找了一個不會讓人起疑的理由唬弄過去。

「這樣呀。其實昨天我從老家收到很多好吃的柿子，你方便的話要不要在我家吃呢？我也希望你能來給明梨上香，如何？」

明梨喪禮結束後，我連她的墳墓都沒有去祭拜過。明梨一定還在恨我。因為明梨等同是我殺的，現在還跑去幫她上香真的好嗎？我不禁猶豫起來。

「明梨也一定會很高興的。外頭天氣冷，你先進來。」

我就這麼被半推半就的來到明梨家探訪。

大約有三年沒有踏入明梨的家，玄關飄來的玫瑰香氣還跟從前一模一樣。我被帶到客廳，在有些老舊的沙發上坐了下來。

我突然回想起明梨還是小學生時，興奮大叫「新沙發來我家了」的模樣。還記得她招呼我到自己家，我們兩人在沙發上蹦蹦跳跳。還有那台六十五吋的電視也一樣，記得明梨曾經笑鬧說道「好大的電視來我家了」。一到這裡，記憶便陸續回籠。

「不要客氣，多吃一點喔。」

明梨的母親將切好的柿子連同茶水一起放在托盤上端過來。我用牙籤叉著柿子放入口中，既香甜又柔軟，這味道也令人懷念。

「新太已經是高中生了。明梨如果還活著，應該會跟你上同一所高中吧？」

明梨的母親望向客廳旁邊的和室，平靜的說。那裡設有佛壇跟明梨的遺照。

「因為明梨的成績比我好，所以我想她一定會升上更好的高中。」

「我覺得即使這樣，她還是會說想跟你去同一所高中的。應該吧。」

她拿起空盤子走向流理台。我喝了一口熱茶，便走入和室。

我跪坐在佛壇前，面對明梨的遺照。那是明梨在國中入學典禮時拍下來的相片，在校門口前笑得很羞澀的她，既稚嫩又耀眼。拍下這張相片的人是明梨的父親，我則在一旁看著。沒想到那時的相片竟然成了她的遺照，實在令人唏噓不已。

我打火點香、敲缽作響並雙手合十。在我已經閉上的眼皮內側，浮現出明梨的笑容。

我死了以後還能見到明梨嗎？我要用什麼樣的表情去見她才好呢？明梨會原諒我嗎？

「抱歉……我可不可以去看一下明梨的房間？」

我離開和室，對正在洗餐具的明梨母親如此詢問。她露出笑容，對我說：「當然」。

就算沒人帶路，我也知道明梨的房間在哪裡。二樓最裡面的這房間，我已經拜訪過很多次了。一打開門，迎面而來的就是我所熟悉的粉紅色房間。

「這個房間果然沒變。」

「不管是這邊或那邊的東西，都還是捨不得丟呀。」

淺粉色的牆壁、窗簾、床鋪跟地板保護墊，不管看哪裡都是一片粉紅色，雖然以前光看就覺得心浮氣躁，不過現在不知道為什麼卻感到心情舒暢。我環視室內，追憶自己跟明梨一同度過的日子。

我們在這個房間玩過電視遊戲寫過習題，有時甚至會吵架。明知房間很小卻還在玩捉迷藏，結果一下子便發現對方；如今回想起來還是覺得很好笑。我打從心底認為，臨死以前能夠再來這個房間一次真是太好了。

「新太，謝謝你，歡迎你下次隨時過來。」

回去時，明梨的母親把三顆柿子放進袋子裡並親手交給我。

我低頭鞠躬說了一聲「真是謝謝您」，向她告辭。

「啊，話說回來。」

這聲音讓我停下腳步轉身回望。

「有什麼事嗎？」

「我一直有件事想問你。事故發生那一天，明梨在被送到醫院時其實還有呼吸。『小新對不起』，那孩子當時這麼說了好幾次。你是不是跟明梨吵架了？」

聽完這句話之後，我瞬間感覺似乎有電流竄遍全身。

應該要恨我的明梨，為什麼會把對不起掛在嘴邊？她在瀕死的狀態下，為什麼會想起我？

或許明梨在生死關頭，想起我說過的話了。

——明天妳如果去遠足的話，說不定會死。

這是在遠足前一天，我對明梨說的話。我在那時，是第一次將死期將近的事情告知本人。

明梨可能回想起這件事，才會把對不起掛在嘴邊吧？假如真是這樣的話，那就是天大的誤解了。

明梨完全沒有必要道歉，反而應該要責備我才對。

明梨會死，是沒辦法好好說服她的我害的，絕對不是因為明梨不顧我的忠告。正是因為我建議明梨當執行幹部，她才會失去性命。明梨的死，明明是有機會事先預防的。

如果沒有遇上我，明梨現在應該正過著璀璨的高中生活。卻只因我的一句話，一切都毀了。

想到自己已經沒有辦法向明梨道歉，一股無能為力的絕望感襲擊了我。我當場雙膝跪下，痛哭失聲。

「抱歉說了奇怪的話。你沒事吧？」

我沒去理會驚慌失措的明梨母親，像小孩子一樣嚎啕大哭。一想起明梨到了生死關頭還在關心我，甚至在毫不知情的狀況下耗盡最後的氣力，我的內心就痛苦到快要崩潰。

我死之後，第一件事就是要和在天堂的明梨道歉。雖然不知道她會不會原諒我，但我想告訴她，一切都是我的錯。

我流著淚站起身，向明梨的母親點頭致意後，就沿著來時路走到外面。

四周很快便轉為昏暗。

儘管自己家就在附近，可是我一面哭一面不顧一切地持續繞遠路，等到我回家時，夜幕已然落下。

救人的故事

『小說已經完成了，你今天來學校吧。』

十一月最後一天的一大早，和也傳送這樣的訊息過來。想到他明天就要死了，我就沒辦法馬上回應。只輸入『了解』二字感覺很空虛，但如果打一篇長文傳送過去感覺也不太對勁。

『你明天可能會死，要非常小心，不要發生意外事故。』

黑瀨的建議突然在腦海中浮現，於是我試著輸入這一段訊息，可很快就回過神來把它刪掉。他不但不會信，就算覺得我終於要瘋了也不奇怪。

我僅輸入『知道了，謝謝你』就回了訊息，然後走向洗手間。

鏡中呈現的我的數字已經成為『6』。我嘆了可能是今年最大的一口氣，伸手扶著太陽穴。是睡眠不足導致頭痛嗎？或者說這是死亡的前兆？最近這陣子身體狀況不怎麼好，我也很懷疑自己會不會往病死發展。

我先回房間把衣服換好，吃過頭痛藥以後才離開家門。

灰色的雲在天空中擴展，看起來跟我的內心一樣灰暗。風雨欲來的天色，讓我無法決定到底要騎自行車還是去搭公車，遲疑了半天，結果還是騎上自行車前往鐵路車站。

我在前往鐵路車站的路上搜尋書包少年的身影，但沒找著。他今天應該也翹課去公園了吧？不過這天氣就算隨時下雨都不意外。

我很快就讓自己對少年的擔憂隨風消逝，在鐵路車站的停車場跟和也會合。

「你幾天沒到校啦，新太。留級我可不管。」

頭上的『1』還在搖晃的和也高聲大笑。即使早已明白會這樣，但那個數字一映入眼簾，我還是感受到撕心裂肺的痛苦。

「這個，我帶過來了。」

和也從書包裡拿出一份信封交給我。我先前拜託和也寫的小說，他似乎印刷成紙本帶來給我看。而且如我所願，頁數很少。和也到底會寫出什麼樣的結局呢？我打算等到放學後在社團教室看，然後馬上告訴他感想。

「是我說的那篇小說啊，謝謝。那個比較厚的信封是什麼？」

我看到和也的書包裡還有一個信封，當中紙本的頁數比我收到的小說還多上一大截。

「啊啊，這個啊。這個沒什麼，沒事。」

和也將信封往書包深處塞，彷彿要把它藏起來。那應該是參加新人獎的原稿吧？他迅速走進車站大樓裡面，可能是不希望我繼續追問。

「啊，在那裡在那裡。」

一來到月台，我們就看到了遠離眾人獨自坐在長椅上的雨妹。雖然還沒下雨，但她可能擔心會下，所以才搭電車上學。她頭上的數字已經變成『13』了。

我若無其事的坐在離她有一段距離的長椅上。如果明天的天氣是晴天，那麼今天或許就是和也最後一次跟她見面的日子了。

「拜啦，小唯！」

在抵達離學校最近的鐵路車站時，和也在下車前不停對雨妹揮手，雨妹也微笑著揮手回應。

「新太你也找個喜歡的人當女朋友吧。話說，你跟黑瀨交往就很不錯啊。」

剛通過驗票閘門，和也就一臉賊笑，並作勢對我的側腰揮拳；我用鼻子哼了一聲笑著回應：「黑瀨只是朋友」。馬上就要死的人談戀愛又能如何，不僅浪費時間，而且也只會增加遺憾。打從看得見自己壽命的那一天起，我就連談戀愛都放棄了。

「可是你們兩個很相配啊。」

不曉得要如何回答的我快步走出車站大樓，外頭不知何時下起了雨。

走了一小段路後我想到一件事。明天是校慶，學校放假。換句話說，今天就是我最後一次跟和也一起上學的日子。想到這裡我就開始心浮氣躁，深感寂寞。明明這種日子如果持續幾百天的話會讓人厭煩，可一旦明白是最後一天就突然會覺得寂寞。

我跟和也已有大約十年的交情。這個一直陪在我身邊的好友，就要在世界上消失了。為什麼會是和也？要死的人只有我一個就夠了，為什麼連和也都……想到這裡，我滲出了一絲淚水。

看著一面在我旁邊行走一面還在擔心下禮拜期末考的和也，我內心感到無比沉重。忍住眼淚隨聲附和的我，繼續跟和也走在前往學校的路上。

「我說啊。」

看到前方號誌變成紅燈而停下腳步的和也，轉身望著我。

「既然你喜歡小唯，現在就馬上對她表白怎麼樣？」

「啥？為什麼突然這麼說。」

對於我的唐突提案，和也露出驚愕表情反問。

「呃，你也知道，小唯好像很受歡迎，我覺得她隨時有男朋友都不奇怪。何況，接下來因為異常氣候的關係，搞不好都不會下雨也說不定。」

如果沒有對自己喜歡的人表白心意就這麼死了，和也一定會後悔。就是因為不希望變成這樣，我才會找個有點牽強的理由試圖說服他。

「呃……這裡又不是沙漠，會馬上再下的啦。她如果有男朋友的話是很討厭，不過到那時候再說。」

「不對不對不對，趁可以說的時候說絕對比較好。畢竟人又不知道自己什麼時候會死。」

感覺原本一直在賊笑的和也，表情有一瞬間的動搖。

「說什麼傻話，我還死不了，沒問題的！」

和也講完這句話便開懷大笑起來。號誌變成綠燈，他繼續走在我的前面。我沮喪的低下頭來，心想自己的說服並沒有發揮效果，在走過斑馬線的同時，也為自己的沒用嘆息。

儘管很久沒有到校，我還是沒跟班上同學交談，一坐到自己的座位上就從書包裡拿出文庫版書本並開始翻閱。不知道自己明天就會死的和也，正跟朋友一起開懷大笑。

我在上課時間把兩冊文庫版書本讀完，等到發現時已經是放學時分。我迅速完成回去的準備，離開喧鬧的教室。

我走了一段漫長的距離，來到文藝社的社團教室，和也已經在那裡。他坐在自己的位子上，筆記型電腦是開著的。

「你還在寫小說嗎？」

「沒，我在玩遊戲。」

我繞到和也的背後觀看，他正在玩撲克牌遊戲。

「話說回來，明天我要跟黑瀨一起去看電影，然後再用賣社刊的錢去買書回來放在社團教室裡。新太你也會來吧？」

當我坐到自己的位子上，眼睛一直沒離開過電腦螢幕的和也就說話了。看來黑瀨這傢伙，已經在預先進行搶救和也大作戰了。

「不了，明天我有事，你們兩個就好好玩吧。」

「真的假的？我知道啦。」

對話就此中斷，我從書包裡把信封拿出來。

「那麼，我開始讀了。」

我在徵詢和也過後開始閱讀。有些害羞的和也只說了一個「喔」字，喝了一口擱在桌上的可樂。

我一頁一頁地翻著和也書寫的短篇小說並持續閱讀。主角跟我一樣，都具有看得見人命期限的能力，而且不小心看見了自己跟好友的大限。正是一篇現在進行中的悲劇故事。

——主角以前沒能救到自己珍惜的人，從此以後就一直避免跟人的生死扯上關係。自己認為面對命運不要抵抗，要坦然接納才是正義。

隨著好友死期將近，主角陷入內心糾葛。

真的要眼睜睜看他死而不救嗎？這樣一來，不就跟失去自己珍惜的人的那時刻一樣後悔莫及嗎？

少年主角就站在跟我相同的立場，也跟我一樣陷入絕境。即使我一直打算不去救和也，但在內心深處卻還有另一個我表達以下訴求：這樣子真的好嗎？雖然我為了不讓那傢伙顯露於外，極力壓抑自己的心意直到今天；但在閱讀和也書寫的小說之後，原本隱忍的情緒，終於快要爆發出來了。

好友死亡當天，煩惱到最後的主角從自家飛奔而出。主角撥打了好幾通電話給好友卻都沒接通，於是騎上自行車四處搜尋好友下落，就在即將放棄時，卻發現好友的身影就在前方。

主角大聲叫喚好友。好友正要從橋上投河自盡，主角在千鈞一髮之際，阻止對方自殺。好友因飽受霸凌之苦，有意自絕性命，但在接受主角足足三小時的真心勸說後，他頭上的數字消失，壽命得以延長。

在主角發起的行動下，好友的命得救了。

幾天過後，主角雖然試圖避免自己的死亡，卻還是遭遇事故。就在自己即將被車子撞到的那一瞬間，主角被某人撞離原處，撿回了一條命。令人意外的是，那個把主角撞開的人就是好友。其實這位好友，也看得見人命期限。

「其實我本來沒有打算要救你，因為我認為改變人的命運不是一件好事。可是你救了我，所以我也要救你」，他是這麼說的。

好友說，他還是小學生時曾經救過一名也是他同班同學的少年的命。可是在上了高中之後，那個少年成了帶頭大哥，而好友則淪為霸凌的目標。他讓少年活下來，結果卻是讓自己變得不幸。於是他就不打算去拯救人命了。

之後主角們改變想法，兩人協力合作陸續搭救人命，故事在美好結局中落幕。以小說的標準來說寫得很棒，內容足以迴盪人心，而且結尾的發展也令人意外，我覺得不愧是有志於小說家的人寫出來的作品。

「怎麼樣？」

我剛把原稿收進信封裡，和也就來詢問感想。我慎選用詞，這麼告訴他。

「嗯，不錯啊。像是主角的內心糾葛還有心境變化之類的，以及最後的大逆轉，『原來你也是啊』那一段，讓我感動到不行。該怎麼說，兩個人都得救，太好了。」

我率直地將感想告訴和也。我理所當然的將自己跟主角重疊，把情感投射進去。只不過，我對那段有點取巧媚俗的結尾不太能接受。

「這樣啊，你喜歡的話就好。」

「問一個假設性的問題，和也你會怎麼做？如果你是這個故事的主角，會如何處理呢？」

我下定決心提出詢問。雖然和也是寫這篇小說的人，但他並不是少年主角。我想問的是，如果他站在我的立場，究竟會採取怎樣的行動？

「什麼怎麼做，這種事還用得著說嗎？沒有救好友以外的選項吧？」

和也瞪大眼睛，像在表達這是個蠢問題似的。他這番毫不猶豫的話語，讓我腦中嗡嗡作響。

「我寫的同時也在想，這個主角幹嘛想這麼多啊？就照常把自己看得見的能力告訴好友並說服人家，故事就結束啦。我難得寫一個讓人生氣的主角耶。」

和也的話語彷彿追加攻勢，直抵我內心。我只能以越來越虛弱的音量小聲補一句：「也是啦」。

「若是沒有關係的外人也就算了，如果是好朋友，怎麼可能會見死不救？」

我覺得這是很有和也風格的思考方式。既直接又純粹，是個具有主角氣質的人物，這個人正是野崎和也。他跟我所在的世界簡直完全不同。

「頂多只是過去沒能救到自己珍惜的人而已，幹嘛因為這樣就撒手不管。」

和也出言抱怨著自己筆下的主角。我不想再繼續聽下去，於是改變話題：

「可以問一個怪問題嗎？」

「怪問題？是什麼？」

其實我以前就很想問了，想聽聽看和也會如何回答。我刻意隔了一小段時間後，才出聲發問。

「你認為人生存的意義是什麼？」

「這是什麼哲學的問題，不過還滿有文藝社的風格，不錯耶。」

和也笑著揶揄我，不過在看到我的認真表情以後，他立刻就讓自己的坐姿端正起來。

「生存的意義……什麼意義之類的，會有那種東西嗎？不過嘛，人如果就是為了要找到這個問題的答案而活，不也很好嗎？但我不知道真正答案就是了。」

和也一面靦腆的搔著他的鼻頭一面說。他雖然將目光移往別處，可我的視線並沒有移開。

「如果活著，就可以找到生存的意義嗎？」

「誰知道呢？有人會找到，就會有人找不到。但我也不知道真正的答案是什麼就是了。」

這句話也很有和也的風格，讓我露出笑容。雖然至今為止，我已經對許多人問過同一個問題，但答案都各自不同，頗為有趣。我心想，即使我真的能長命百歲，大概也窮盡一生都找不到答案吧。

「我換一個方式問好了，和也是為了什麼而活呢？」

對於我的詢問，和也交疊雙臂發出沉吟。

「嗯～～應該是因為不想死所以才活著吧。因為我還有好多事情想做，所以不想死；正因為如此才要活下去，就是這樣。」

我回了一句「總覺得很像和也會說的話」。和也則說了一句「可是呢」，並繼續說：

「我感覺人生跟寫小說很像，就是在一張名為人生的全白稿紙上，將自己當主角進行書寫。雖然是什麼內容、會迎來什麼樣的結局，都是未知數；不過結局是好還是壞，是可以靠自己想辦法決定的。所以我認為在短短的人生中，名為自己的主角如果能好好行動，活到可以用美好結局謝幕就好了。」

和也在最後又加了一句話：「不過我也不知道真正答案就是了」。這是平時就一直在書寫小說的和也的見解，我認為他這番話的確沒錯。他的人生會是如何呢？因為年紀輕輕就死掉，所以算是壞結局嗎？人生苦短，我跟和也的又尤為短。而我的人生小說，想必稱得上是壞結局吧？

在醫院的那個少女用畫比喻人生，和也則用小說來比喻人生。想來棒球選手一定是用棒球，而音樂家則會用音樂來比喻吧？

和也說了一句「可是啊」，繼續說。

「小說如果寫不順可以回到前一頁改掉重寫，人生就沒辦法這麼做。這麼一想，或許這個比喻也不太對。」

和也以嚴肅的表情對自己的論點吐槽。我的人生正是如此。我沒辦法回到前一頁，去將因我而死的明梨救出來。即使只有一分一秒，人生就是沒辦法改掉重寫，這點就跟小說不一樣了。

「其實我有時候也會想，為什麼我在那時候沒有死呢？」

他說的那時候，應該就是那場遊覽車的意外事故。當時跟明梨同班的和也，其實也是坐上那輛遊覽車的其中一人。雖然他也被選為遠足的執行幹部，還坐在前方的座位上，卻奇蹟般僅受到輕傷。在事故發生的瞬間，和也似乎正在尋找書包裡的點心想拿出來吃。醫師曾經對他說，幸好他做出了彎身前傾的姿勢，應該是因為這樣才只受輕傷。

「雖然大家都說我運氣好，事情也就那麼算了。可是我一直在想，自己沒有死在那裡，會不會具有某種意義呢？」

執行幹部的生還者只有和也一人，他會那麼想也確實不是沒道理。

「你覺得會是什麼意義？」

面對正在筆記型電腦前交疊雙臂的和也，我如此問道。

「因為我不知道，所以接下來要去尋找。我認為只要活下去，總有一天會找得到，因此我還不可以死。」

和也皺著眉頭說。儘管總感覺他的話語中有些地方怪怪的，不過黑瀨就在這個時間點來到了社團教室。

和也的表情放鬆下來，對黑瀨說：「辛苦啦」。

黑瀨先是低聲說了句「辛苦了」，接著來回看著我跟和也，然後才坐在位子上。我們背後那團她看得見的黑霧，顏色應該已經相當深了吧。

「黑瀨，明天是幾點？」

「早上九點在鐵路車站會合。」

「對喔，了解。」

在確認明天的預定行程以後，和也便將電腦關機。搞不好，今天就會是我們三人最後一次像這樣在社團裡頭混時間了。想到這裡我突然感到寂寞，很希望三人在一起的時間能再久一點，可是和也已經把筆記型電腦收進書包裡並站起身來。

「我差不多要回去了，再見啦。」

我只能呆滯的凝視和也離去的背影。一瞬間，明梨的身影重疊在他身上，讓我大吃一驚。當時明梨坐上了遠足的遊覽車逐漸從我身邊離去，那時的椎心之痛又一次向我襲來。

「那個是和也寫的小說？」

和也離開之後，黑瀨伸手指向放在我手邊的信封這麼說。

「是沒錯。」

「我也想看。」

黑瀨將纖細修長的手臂伸過來拿起信封，從裡面把幾十張紙取出來。她默默的讀著那些紙，我則開始看自己帶過來的文庫版書本。

在我們就這麼過了差不多三十分鐘後，我聽到啜泣聲。看來黑瀨似乎已經讀完了，她的眼中噙著一絲淚水。

「咦，什麼情況，妳感動到哭了嗎？」

收下原稿的我如此詢問，黑瀨用力點頭。這的確是一篇令人感動的故事，但還不至於會讓人落淚。

「我好像，把新太跟和也代入故事裡了。」

黑瀨邊吸鼻水邊這麼說。接著她又加了一句話：「希望新太也能跟這個主角一樣」。

「沒辦法啦，我不認為事情可以進行得這麼簡單。」

「那麼，你明天還是會待在家裡面嗎？」

黑瀨以不滿的表情望向我。我沒有回應，直接從位子上站起身來。

「我差不多要回去了。明天妳加油吧。」

「你要回去了嗎？你真的要對和也見死不救嗎？」

「就說妳不要把話講得那麼難聽了。我不是見死不救，而是要見證到最後。在家見證就是了。」

當我將手伸向拉門的時候，背後飛來了痛罵我的聲音。

「沒志氣！沒有用！」

「隨妳怎麼說。」

我留下這句話，就摀住耳朵離開社團教室。

沒志氣、沒有用，這種事我早知道了。我在怕，怕好友就在我眼前消失了。反正我就是沒志氣沒有用，所以救不了和也。

我就這麼在輾轉難眠的狀態下，於天亮時清醒；醒來時還有已經逐步轉為慢性的頭痛相伴。時間剛過上午五點，因為不光只有頭痛，連身體各處都不舒服的關係，從床上爬起來也成了件苦差事。

十二月一號，一大早就特別冷，打開窗簾便看到細小的雪片落下。

「這種日子下初雪啊。」

我低聲自語。這些靜飄而下的小雪在落地之後並沒有累積，而是宛如被地面吸收一般逐漸消逝。

我伸手把擱在桌上的信封拿起來，在床上坐下，將昨天已經讀過好幾遍的和也的小說又從頭到尾看了一次。我已經反覆讀了一遍又一遍，讀到紙張都已經翻皺了。

我又一次心想，自己還是沒有能力成為這篇小說的主角。這個少年雖然有跟我相似的地方，但也有決定性的不同。

那就是，向前踏出一步的勇氣。這一點就是主角跟我的差異。只要再踏出一步，鼓起所有的勇氣向前走去，就能達成自己的目標。如果擁有這種能力的人不是我而是正義感強烈的人，應該就可以拯救別人了吧？

我把已經皺到不行的Ａ４原稿紙收進信封，放回桌上。

我看了時鐘，確認時間剛過上午八點。假設和也是意外事故死亡，果然還是要在行動時才會遭遇事故。

我腦中突然浮現出和也被車撞到的影像。震耳欲聾的剎車聲、四肢宛如癱軟的人偶一般飛散的身體、以及令人作嘔的血腥味。上個月才目睹的光景，在腦中鮮明地甦醒，我在和也身上看到了被撞飛的沙耶香的身影。然而就算這樣，依然是和也的命運，所以我無可奈何。到了這個關頭，我依然這麼說服自己，讓動搖的內心鎮靜下來，隨即換上衣服外出以轉換心情。

我在下雪天中走向鐵路車站。和也應該還活著吧？我記得他們說九點會合，所以如果和也沒事的話，應該正要從家裡離開。搞不好黑瀨就在他家前面監視也說不定。

我一抵達鐵路車站就直接到月台，搭上了沒多久就到站的電車，並在空座位上坐下。我將視線落在手錶上，時間剛過九點。他們兩人應該會平安會合，如果有什麼事，黑瀨應該就會來聯絡我才對，目前大概還不會發生異常狀況。明明我一直認為跟自己無關，但就是忍不住會在意。

下電車後，我離開車站大樓，走路前往外婆所住的醫院。自從外婆的頭上出現數字以來，我還沒有去探病。我想在死以前，跟外婆說最後一次話。

前往醫院途中，我不時邊走邊看手錶。即便口袋裡的手機並沒有收到訊息，我還是頻繁的確認有沒有訊息或來電。他們兩人現在或許已經往電影院行動了。

通過花店後就可以看到醫院。那是市內最大的醫院，據說裡頭有夏天時還看得見煙火的病房。

儘管是非假日，院內依舊人潮洶湧，感覺有些厭煩的我搭上了電梯。

在四樓離開電梯後繼續走一小段路就到了交誼廳。那裡有幾個看起來應該是住院的病人，有的在看電視，有的在聊天說笑，稍微有點吵。

沒看到那個總是在這裡畫畫的少女的身影。她應該也只有幾天的生命，或許已經沒有那種餘裕了。我直接走過交誼廳，前往外婆的病房。

外婆還是一如往常閱讀厚重的書本。數字『83』正不斷搖晃，彷彿在主張它的存在。我心想，真是夠了。

「哎呀，歡迎你來。」

外婆發現了我，並露出跟往常一樣的笑容表達歡迎。

我也對她回以微笑。

「好久不見，今天在看什麼書呢？」

「今天我讀的是英國作家寫的奇幻小說哦。非常有趣，等我看完就借給新太看。」

「嗯，謝謝。」

我一定讀不到了吧。想到這裡，我就沒辦法好好出聲說話。

「這個，給你吃。」

外婆今天也請我吃餅乾。因為從早上到現在我連一口東西都沒吃，所以我伸手拿了三片餅乾，並徹底咀嚼下肚。

「對了，今天不是假日吧？學校怎麼了嗎？」

「校慶放假啊。」

「哎呀，是這樣嗎。」

我在跟外婆說話的同時，也不自覺的去在意手機。黑瀨還沒有用手機跟我聯絡，讓我鬆了口氣。

在跟外婆聊了二十分鐘左右以後，我嘗試對她提出最近已經問到有點老梗的問題。

「請問外婆，外婆您是為了什麼而活到現在呢？」

「怎麼啦，突然問這個。」

外婆露出了帶著困擾神情的溫柔笑容。從我小時候起，每當我撒嬌時她就會展露這種表情。

「想知道您是為了什麼而活，或者說您生存的意義是什麼，就這一類的吧。」

可能是問的方式不對吧，我如此心想並加以說明。外婆已經活到這個年紀了，我期待她提供某種足以感動人心的解答。

雖然是個過於唐突的問題，不過外婆還是好好地回答了。

「會是什麼呢。外婆雖然不是很清楚，不過這些事在死的時候，應該就會知道了吧？」

「在死的時候？」

「沒錯，就是在自己死的那一瞬間，能夠覺得已經盡力活過了，活得不後悔。希望你也可以用這種方式活著呀。」

雖然聽起來有些許邏輯跳躍，不過這種說話方式很有外婆的風格。

然而，幾天以後就會死的我，一定會心懷大量的後悔，為人生閉幕吧。

「新太這樣子過來見我，也是外婆生存的理由之一哦。」

我突然回想起已故店長的話。為自己活，其實也算是為了某個誰而活。如果我死了，外婆就會失去一個生存的理由。

我心想，自己死是不要緊，但如果我的壽命可以延長到外婆臨終當天就好了。

「這麼說來，你外公也曾經問過我一樣的問題。」

我刻意沉默不說話；外婆則微笑起來，似乎在懷念過往時光。

「外公是個什麼樣的人呢？」

我突然想到這件事並詢問外婆。媽媽對外公的評價是一個自私又頑固的人。我只在相片上看過外公，以前也從來沒有詳細問過他實際上是什麼樣的人。

「你外公呢，是一個像英雄一樣的人哦。」

「英雄？」

因為突然冒出一個跟我所聽說的人物相當不搭調的名詞，我不禁反問回去。外婆表情依舊安詳，繼續說。

「你外公呢，曾經拯救人命好幾次，還上過報紙。」

我的心臟劇烈跳動。

「他曾經救過差點溺死在海邊的小孩子，阻止人從鐵路車站的月台上跳下去，就這樣拯救人命好幾次。」

「……原來是這樣。之前媽媽說他是一個自私的人，因此總覺得跟我先前想像的人不一樣。」

「呵呵。可能是因為他會突然取消預定好的行程，就算出了門也還是會臨時改變目的地吧？他真的是一個不可思議的人。」

聽了外婆這番話後，我確信外公跟我都擁有同樣的能力，不會有錯。外公跟我不一樣的地方是，他會用自己的力量去幫助人，而且也改變了許多人的命運。他一定是毫不遲疑，全力運用這份力量的。

「我在跟你外公結婚以前，還發生過一件事。當我們在坐公車的時候，你外公不知道想到了什麼，大聲吵著要乘客下車。雖然我在下一個公車站下車，不過其他乘客沒有聽你外公的話，很快公車遇上事故，五個人身亡了。」

「……外公沒事吧？」

「你外公受了重傷，在醫院住了一段時間。」

外婆按著胸口，聲音悲傷到有些顫抖。當時事故現場的悽慘程度，應該遠超過我的想像。由於外婆突然咳個不停，因此我連忙站起身，輕撫她的後背。

「外婆您沒事吧？」

「嗯，沒事。」

外婆以痛苦的神情往病床上躺下，將眼睛閉上。

聽了這段故事，我可以簡單想像得到，外公應該是確認過坐在公車上的乘客頭上的數字，才會突然趕他們下車。可是乘客並沒有遵從外公的忠告，於是捲入意外事故之中。

我不斷嘆氣，試著去想如果是自己的話會怎麼做。不過這種事情我更容易想像出答案。當我搭上往返學校時會利用的公車，突然看到幾個乘客頭上的數字是『0』，看到那些數字的我應該會慌忙逃跑。坐在車上的我會立刻按下車鈴，向司機鞠躬請他開車門，對那些『0』的乘客見死不救。

如果是我一定會這麼做。我總是讓自己待在安全圈中，在遠處旁觀那些人死去。我一直認為這是正確的，也對此深信不疑。

然而外公卻不惜讓自己遇險，也要救素昧平生的人，並藉由這樣的行動改變了別人的命運。即使外公明知自己有可能會死，但他還是拯救了人命好幾次，簡直就是我的對照組，讓我覺得自己既無力又可悲，最終流下不甘心的淚水。

「你外公呢……」

原本以為已經睡著的外婆，又以沙啞的嗓音發聲說話。我連忙擦去淚水。

「你外公在帶由美子出去釣魚的時候，在河邊溺水走了。他在釣魚的時候突然不見人影，就這樣沒有回來。由美子說他可能是在尋找可能有魚的地點時突然腳滑，可是外婆覺得這當中一定有某種理由。雖然沒有證據，不過我想當時大概是發生了什麼事。」

外婆一面流淚一面說。既然連長年相伴的外婆都這麼說，我也覺得這當中應該是有理由的。

——外公一定是要救某個人的命。

外婆是這麼說的：自己是為了什麼而活，生存的意義又是什麼，這些事在死的時候就會知道。外公在臨終時，應該找到答案了吧？

五天後死亡的我，找得出答案來嗎？就這麼等死，真的好嗎？

我在已經入睡並靜靜發出鼻息聲的外婆身邊，流下大顆的淚水。我壓抑自己的聲音哭個不停，連流下來的眼淚都沒去擦。

透過滿溢的淚水，我看到了外婆那扭曲的數字『83』。外婆的數字應該是因病而顯示的壽命期限，所以不管我怎麼做，都沒辦法消除它。

可是和也呢？說不定他可以得救。

黑瀨曾說，這份看得見死亡的力量，是為了要拯救自己珍惜的人而存在；外公也同樣為了改變人的命運而費盡心力。可是我……。

就這麼讓和也死掉真的好嗎？不，當然不好。

等到我有所察覺時，自己已經在跑步了。我不慌不忙的向前跑，彷彿像是背後受到某種東西推動一樣。我連等電梯都感到煩躁，直接一口氣衝下樓梯。雖然有位護理師在跟我錯身而過時出聲制止，但我只說了一句道歉就揚長而去。

連我自己都覺得不可思議。明明一直以來都認為這是命運所以無可奈何，現在卻為了改變命運而奮不顧身。一直以來自限於我執之中，結果就是看著自己珍惜的事物不斷失去。

最後我要救到和也再死。這樣一來，我在死的時候，或許就可以找到自己一直在尋求的答案。這並非一時衝動，而是我的真心想法。

我伸手插進口袋，邊跑邊打電話給黑瀨。然而明明應該已經到了電影放映結束的時間，她卻沒有回應；我接著打給和也，也沒接通。

這一帶的電影院，就位在從醫院前面的公車站搭車可以直接抵達的大型百貨公司頂樓。兩人曾說過，看完電影以後要用文化祭的收入買書。因為那家百貨公司也有書店，所以他們一定還在那裡才對。

我在公車站確認時間，發現前一班車剛在不久前離站，等下一班車來需要十五分鐘以上。我不想枯等公車卻什麼事都不做，於是跑起步來。

已經有多少年沒有全力奔跑了啊。體育課上短距離跑步時我都在打混，就算快要搭不上公車或電車的時候，我也從未認真跑過。可能就是因為這樣，我很快就氣喘吁吁，兩條腿現在也快跑不動了。

即使如此，我還是沒有減低跑步速度，而且又一次打電話給他們。然而兩個人都沒有接電話，讓我越來越焦躁不安。

前方閃爍的交通號誌進入我的視野。這邊的紅燈秒數很長，在我正要走到斑馬線時，號誌已經變成紅燈，但我不顧一切衝了過去。

當我抵達百貨公司的時候，入口前方停了一輛救護車。

救護車似乎才剛到達沒多久，敞開的後方沒有傷患的身影，到底是要送誰去醫院呢？我甩開不祥的預感，踏入百貨公司內部。

附近並沒有救護人員的身影，我搭乘電扶梯上二樓去。記得書店應該是在二樓沒錯。

離開電扶梯以後，我拖著雙腿走到書店附近，看見前方有人群聚集，還有幾名救護人員，看起來似乎是在現場進行急救處置。

「是高中生嗎？什麼情況，是被人捅刀子嗎？」

「不是，好像是突然倒地。」

「會不會在摔倒的時候撞到頭啦？」

這樣的竊竊私語傳到我耳邊。我不知道真相，我沒辦法繼續向前進。有人就倒在幾公尺的前方，但我不想看。

兩條腿到現在才開始疼痛，令我當場蹲下。由於視線跟著向下的關係，我目睹了那個躺在救護人員旁邊的人的身影，瞬間絕望。我看過這個人的髮型、側臉、服裝；每一個地方都跟和也一致。

「新太！」

這是我聽過的聲音。我抬頭一望，在那裡的，是黑瀨不停流淚的身影。

「……和也怎麼了？」

「不知道……突然就這樣。」

黑瀨哽咽的擠出聲音說。她跪在我前面，痛哭失聲。

我先帶黑瀨到附近的長椅上坐下，再走到和也身旁。

他頭上的數字『0』，正晃動得宛如猛烈燃燒的火焰。我強烈祈求，期盼他的生命之火不要燃燒殆盡、消逝無蹤。

我跟黑瀨一起坐在救護車上，陪和也去醫院。

雖然和也正在加護病房接受搶救，但我們已經知道結果了。儘管如此，我們依然持續祈求，希望奇蹟發生，和也能醒過來。

坐在候診區椅子上不斷啜泣的黑瀨，告訴我整件事情的始末。

她說兩人在看完電影以後，便走到書店。當他們正在挑選要放在社團教室的書本時，和也突然摀著胸口倒下。黑瀨立刻叫救護車，而我則是在救護人員進行急救處置時到達現場。

也就是說，和也是病死的。即使我跟黑瀨合力為拯救他的生命而奮鬥，到頭來還是沒能改變死亡的命運。

在無比強烈的絕望感衝擊下，我的眼前一黑。

「我又……沒有救到。」

黑瀨講到最後哽咽起來，並自責說道。

「不，這不是黑瀨的錯。不管怎麼做都救不了和也……」

我為了不讓黑瀨發現，用指尖拭去眼淚，並安慰悲慟欲絕的她。

「可是，也許是我勉強他來才會這樣。」

「就說沒這回事了。我想不管是誰緊跟在他旁邊，結果都會是一樣的。」

就在這個時候，剛才隨同父母親一起抵達醫院的和也的哥哥，以凝重的表情從加護病房走出來。和也的父母親似乎還待在他身邊。

「謝謝你們來陪和也。剛才，他已經嚥下最後一口氣了。」

我小時候就認識的和也哥哥，以茫然的神情及死板的語氣說著這些話。

黑瀨再度「哇」地一聲哭了出來，我則微低著頭，緊咬下唇。

「和也是哪個地方不舒服呢？」

我對面容悲痛，一直站立於原處的和也的哥哥如此詢問。他抬起頭來，以不可思議的表情看著我。

「新太，你沒有從和也那裡聽說過嗎？那傢伙說，他已經跟你講過了啊。」

「……我什麼都沒有聽他講過。」

和也的哥哥以無力的聲調說了一句「這樣啊」，同時嘆了口氣。

「那傢伙，到頭來還是沒有跟你說。其實——」

我跟黑瀨，知道了和也的祕密。

和也的哥哥先告訴我們，弟弟的死因是急性心臟病。

和也是在國中三年級的夏天時，首度被發現心臟異常。他在學校接受健康檢查時發現了異狀，幾天後進行更精密的檢查，結果被發現有心臟病，醫師對他說明有猝死的危險。由於沒有特別有效的治療法，而且除了猝死風險以外還是可以過正常的生活，因此他在接受診斷之後就定期去醫院以觀察病況。

我大感震驚。想不到和也身體竟然有這麼嚴重的問題，我完全無法想像。他曾經有好幾次說有事就沒有來參加社團活動，那些時候應該就是去醫院吧。和也似乎跟哥哥說他已經跟我講過了，但我從來沒有聽過這件事。

我忽然回想起來，在文化祭當天的回家路上，和也好像有什麼事情要跟我說。他的表情前所未有的認真，想要對我講些什麼。雖然我以為他想要戀愛諮商所以打斷了他的話，但在那個時候，他可能就是要告訴我有關他的病情。他沒有把自己喜歡的雨妹約來文化祭玩，可能也是因為不知道自己什麼時候會死，所以才避免跟對方發展更深入的關係吧。

我跟黑瀨在稍後見到了頭上數字已經消失的和也，面無表情的和也簡直就像另一個人。即使他的遺體就在我眼前，我還是沒有真實的感受。

因為和也總是在笑，所以我一直覺得他的遺容應該也是那個模樣。不對，我希望是那個模樣。我也想笑著對他說：「你都死了還在笑什麼啦」，為他送行。

明明早就知道和也會死，我的眼淚卻怎麼也止不住。

兩天後是和也的夜間喪禮。

白天我什麼事都沒做，一直坐在自己房間的椅子上發呆，等到晚上才前往會場。

有同班同學還有別班同學，總之有很多人來了。

還有人笑著說和也跟自己又沒有關係，不過我一直呆望著和也的遺照，連發怒的力氣也沒有了。

「你好，不好意思。」

當我在喪禮結束從會場出來走了一小段路時，背後傳來一個我沒聽過的聲音。我甚至不知道對方是不是要叫住自己，僅回頭瞥了一眼。

「啊……」

「你好。」

在那裡的人，就是和也思念的雨妹。除了第一次在雨天月台以外的地方見到她這件事讓我驚奇之外，我更驚訝她也來參加和也的夜間喪禮。

我在晚了幾秒鐘後，察覺到異樣的變化。原本應該在她頭上的數字，已經消失到無影無蹤。原本不知何時突然冒出來的數字，如今已經完全消失。我搞不清狀況，思考停住了。

「抱歉，你沒事吧？」

「咦？啊、是的、我沒事。」

雨妹說她有事情要跟我說，我照她的話跟在她後面走。

雨妹進了一間乾淨整潔的咖啡廳。我被帶到最裡面的座位，跟她面對面坐著。在隨便點過東西後，她開口了。

「我從和也的哥哥那裡聽說了。我打電話給和也，結果是他哥哥接的，並且把一切事情都告訴我了……我到現在還是無法相信。」

雨妹以陰暗的表情說。在我低聲回答一句「我也是」之後，她從提包裡把一份信封拿出來。

「這個是……」

「這個是和也寫的小說。他這麼告訴我：『這是為我而寫的』。」

我伸手接下信封，從裡頭取出一疊Ａ４大小的紙本，厚度是他為我而寫的那篇小說的兩倍以上。

「請你一定要讀讀看，我會等你讀完。」

「我知道了。」

雖然我點的咖啡已經送過來，不過我沒去喝，直接開始閱讀和也最後遺留下來的小說。

以前，我曾經聽和也簡介過這篇小說。這是一個把自殺當願望的主角受到餘命宣告的故事。

雖然主角很高興不用自殺也可以死，但在受到餘命宣告後開始逐漸焦慮。在這以前可以自己決定什麼時候死，可是如今已經不能這麼做了。他在見到終點後，才第一次察覺到自己其實根本就沒有想死的意思。

他在這樣的某個日子，於鐵路車站的月台遇上了某個少女。她只會在雨天搭乘電車，跟主角一樣是高中生。

原本一如往常在遠方看望她的主角，在某個時刻察覺有異。她正打算從月台投身落下，主角在千鈞一髮之際救了她。一問之下，她哭著說自己受不了霸凌想死。

主角對她說教。他說，別為了這種事就尋死。說著說著他感到困惑，自己直到不久以前都還很想死，現在卻打什麼嘴砲。儘管如此主角還是對她說，妳要活下去。

從那一天起，兩人開啟了僅在雨天才有的交流。之後主角下定決心，自己所剩的時間都要為她所用。他要在她身邊，直到她開始積極向前、有心想活為止。他認為這是自己的使命。於是他隱瞞病情，與她共度過於短暫的日子。而在她決心活下去之後，主角的身影就從她眼前消失了。

——這是一篇純愛小說。

明明雨妹就在我眼前，我在讀完小說以後，眼淚還是撲簌簌的流了下來。和也一定是以「私小說」的心態書寫這篇故事的吧，正因如此才特別令人感動。

「怎麼樣？」

明明不用說光看也知道，雨妹還是謹慎發問。我把原稿還給她，同時不爭氣的用哭腔說：「很好看」。

「我想，在這篇小說裡出現的女孩子，應該就是我。我在很久以前，就跟和也討論過不少事了。」

「……原來是這樣。」

「我也曾經跟這個女孩子一樣想死。可是，在讀過和也的小說以後，我想要再努力一下，連同和也的份一起活下去。我是這麼想的。」

她聲淚俱下，以顫抖的聲調這麼說。我大感震驚，說不出話。我心想，不過是寫篇小說，光靠這樣就可以救到一個人嗎？

雖然難以置信，但她的數字消失是事實。對她而言，這篇小說的影響就是如此深刻。當然，支持她的和也才是最重要的存在。

——小說有時候是可以救人的。

——我想要像現在這樣，書寫可以救贖人心的故事。

和也的話語在我腦海中甦醒。他嘔心瀝血書寫的小說，確實拯救了雨妹。所謂參加新人獎其實是幌子，事實上他是為她而寫的。

我覺得他真的好厲害。我跟黑瀨不管怎麼為救人而奔走都沒能成功，和也卻輕鬆把這難題搞定了。這讓我不禁脫口說了句「帥過頭了吧」。和也之所以從遊覽車事故中生還，或許就是為了這個。

——你想知道，自己何時會死嗎？

當我回到家中跟白天一樣發呆時，這句話突然在腦海中迴響起來。這是國中三年級時，曾經在同學之間討論過的話題。

原來是這樣，到今天我終於回想起來了。說出這句話的人物，毫無疑問就是和也。那個時候的和也知道自己死期將近，說不定正獨自一人掙扎痛苦。「想知道派」跟「不想知道派」，我不記得和也最後選了哪一派；那應該不是心血來潮的單純發問，而是由和也內心深處所流露出來的求救訊號（ＳＯＳ）吧。

他在陷入何時死去都不奇怪的狀況之後，向朋友尋求答案。雖然這個問題就算知道也沒辦法怎麼樣，不過其他人又是怎麼想的呢？他在提出這個問題時一定已經豁出去了。

由於我也是同樣的狀況，因此十分清楚和也的心情。打從我看得見自己的死期之後，就開始毫無意義的尋找生存的理由，而我明白，答案根本就不存在。

儘管如此我還是探求。誰都好，希望有人用言語來救我。不要安慰或同情，我要明示的答案，我要依賴這些答案。

我沒有發現和也在煩惱。明明從小就一起混，我卻沒有發現他的細微變化。我只看得見人的死期，卻看不到最關鍵的事。

現在回想起來，我其實有好幾次發覺和也的舉動不對勁，為什麼沒有去聽他說話呢？我一直擅自認為，有煩惱的人只有自己。

或許和也是不想讓我跟黑瀨擔心，所以才保持沉默。可能也不是這樣，而是因為我們太靠不住，所以沒辦法跟和也商量吧。當然還有他擔心我越來越憔悴的模樣，所以無法找我說話的可能性存在。

自己的不中用跟和也的溫柔同時重擊我內心，讓我流下淚水。不甘心與悲痛的眼淚，讓我的臉頰逐漸溼成一片。

和也有很明確的「生存的意義」，他拯救了雨妹的生命跟心靈。在他的溫柔照拂下，應該還有其他人也得到救贖。相較之下我……。

剩下這三天的時間，我可以做什麼呢？不管我怎麼想，依舊沒有任何頭緒。

如果和也在我身邊的話，不管心情有多沉重，我都開朗得起來。

我伸手拿起和也寫給我的原稿，又重新開始閱讀。如果什麼事情都能像這篇小說一樣的順利，是多麼幸福的事啊。現實遠比自己想像的還嚴苛，既無情，又無法補救。

我用顫抖的手，一頁一頁的翻著。都怪眼淚流個不停，文字越來越模糊。
哽咽的我，在寂靜的房間裡獨自拂拭滿溢的淚水，全神貫注閱讀和也的遺作。

另一篇故事

在頭上的數字變成『2』的這一天上午，我走出家門。

因為還有想做的事情沒完成，所以我騎上自行車前往寵物店。先前盤算要養狗好讓媽媽不在我死後感到孤單的計畫，終於要實行了。畢竟我就是為這件事而打工的。

其實這一個月，我已經去了幾間寵物店，在某個程度上已經選好目標。

用打工賺到的錢加上我的存款已經十分足夠，而且養狗的事情也事前得到媽媽同意。我找了店員，買了媽媽曾說很想要的小型臘腸犬。因為牠在我到店裡來的時候總是會搖尾巴歡迎，於是我決定要養這隻毛小孩。可能是錯覺吧？牠跟黑瀨養的臘腸犬很像，讓我頗有親近感。

由於騎上自行車就過來的關係，因此我只結了帳就回家，想請媽媽過幾天再過來帶回去照顧。

這天夜晚，當我正在閱讀自己很喜歡也已經反覆看過好幾遍的文庫版書本時，手機響了。

『因為有話要說所以現在就去新太家』

黑瀨傳送一則沒有表情符號也沒有逗點句點的訊息過來。儘管我對這行氣氛跟以往不同的文字感到驚訝，但也大概知道她要說的內容。兩天後，要怎麼辦；應該就是這個話題吧。

就在我打算裝睡當作沒察覺的時候，有追加訊息傳送過來了：

『應該說，我已經到了。』

我低聲說了句「真的假的」之後慌忙收拾凌亂的房間。幾分鐘後對講機響起，我離開房間衝下樓梯。

「妳真的來啦。」

「嗯，抱歉突然擅自過來。」

披著黑灰相間方格條紋圍巾的黑瀨一點頭，積在她頭上的一層薄雪就掉在她腳邊。雖然我先前沒注意，但外頭是在下雪。

我帶黑瀨走進房間，她隨即脫下大衣並在床上坐下。我則把房門關上，彎腰坐在剛才一直在坐的書桌旁的椅子上。

「所以，妳要說什麼？」

我立刻詢問。黑瀨先擺出一副端正的姿勢後開口。

「我想問，後天你打算怎麼做。」

「什麼怎麼做，一開始我就已經決定了。果然還是不要違逆命運比較好。我會跟平常一樣行動，爽快死去。畢竟沒能救到明梨、爸爸跟和也的我，沒有活下去的資格。」

我沒看黑瀨的臉，並以冷淡的口吻這麼說。雖然對她過意不去，但如今我已經無力去想怎麼避免死亡了。也不用兩天後，就算明天，不對，今天就死也沒關係。我的心靈千瘡百孔，早就疲累不已了。

「這樣真的好嗎？你沒有想要連同和也的份一起活下去嗎？」

「沒有。」

她剛把話說完，我便立刻否定。

「那個時候，你不是為了想救和也才跑過來的嗎？你不是因為想要改變命運才過來找我們嗎？既然這樣，你自己的命也要——」

「不用說了。」

我不加思索脫口而出，打斷她的話。原本在心中的另一個希望活下去的我，已經隨著和也死去而消失。如今，我只想回歸虛無。

「妳就別再管我了。」

我繼續低著頭低聲自語，黑瀨則從提包裡取出筆記本並攤開它。

「這個是……」

「新太要怎麼做才可以避免死亡，我整理了各種可能。」

在黑瀨攤開的筆記本上面，密密麻麻寫滿文字。她還分別用紅跟藍等好幾種顏色寫了許多字，對我這個平常只用鉛筆的人來說，實在不好閱讀。

我收下筆記本一看，上面列舉了所有我的死亡路線與對策，包括意外事故死亡、病死、自殺及他殺等等。跟黑瀨先前寫過的東西相比，這次寫得更詳細。

・請在派出所藏一整天（如果有誰要取你的命，警察先生會保護你）。

・請在醫院過一整天（如果是病死的話，及早接受治療說不定救得活）。

・請在床底下躲一整天（就算強盜到家裡來，只要躲起來就安全了）。

從現實的建議到愚蠢的意見都有，她就這麼令人驚愕的接連書寫了好幾頁密密麻麻的具體對策。

「只要有這筆記本，我想新太最後一定就不會死！所以——」

「都叫妳不用說了。」

我如此說完，便將筆記本退還給黑瀨。雖然感謝她的心意，不過已經無法打動現在的我了。

「可是……」

「回去吧，我想一個人靜一靜。」

黑瀨沮喪的垂下肩頭，抓起大衣並靜靜起身。她就這麼默默離開房間，我則送她走到玄關。

「新太，已經滿晚了，就送她一下吧？」

媽媽從客廳探頭出來這麼說。我說了一句「那就送她到公車站」，並跟黑瀨走到屋外。雪還在下個不停。

我們兩人都默默的走到公車站。因為黑瀨的頭低低的又被圍巾包住，我無法看到她的表情。

在確認過時刻表後，等下一班公車到站還需要十五分鐘；我也不能留黑瀨一個人在這裡直接回家，於是我們二人就並排在一起等公車，而我只是一直凝視著輕柔飄落的細雪。這些在道路上積了薄薄一層的雪，明天一大早就一定會消失；我也想跟這白雪一樣，在不為任何人知的時候悄然消逝。在黑瀨身旁的我，一直想著這樣的事情。

「……我，決定了。」

打破漫長沉默的人是黑瀨。我保持視線向前，問了一句：「什麼？」

「不管怎麼樣，我一定會救新太。就算你放棄，我也會堅持到最後。不管冒什麼樣的險，我都會救你。」

黑瀨強勢且明確的說。不過不管她多麼努力，最後應該也還是會一如往常，以徒勞作結吧？我呼了一口白色氣息，沒好氣的說：「別管我」。

黑瀨以小孩子的口氣說了句「不要」。就在此時，等待已久的公車正好到站了。

「公車已經來了，我回去啦。」

因為目送黑瀨坐上公車離站也有點可恥，我在說完這句話之後便直接離開，同時心想，這應該就是最後一次跟黑瀨見面了。

「我絕對會救你的！絕對會！」

黑瀨在我背後叫喊。雖然不理會也沒關係，我還是轉身回望。

「我已經說不用——」

轉身回望的瞬間，我失去發聲能力，無法再說下去。腳無法施力，雙腿顫抖不停。

映入眼簾的光景實在過於衝擊，恐懼竄遍我的全身，讓我呼吸阻塞、無法出聲、心跳加速、更停止了思考。

公車發動的警示聲讓我回神，黑瀨慌忙搭上公車。我又一次對坐在窗邊座位的黑瀨頭上進行確認。

浮現在那裡的東西，是跟我相同的數字『2』。

在黑瀨頭上突然冒出來的那個數字，明明直到剛才為止都不存在，為什麼會在那個瞬間就確定她的死亡呢？我回家以後，在床上不斷思索。

黑瀨在兩天後為了要救我，受某樁事件或意外事故牽連而殞命。因為數字在她發表救我宣言之後就馬上冒出來，所以我認為這最有可能性。

或者是兩天後她在沒能救到我的世界中責備自己，選擇自殺。應該就是這兩者之一。

視為親姊姊一般仰慕的沙耶香就在眼前失去生命，這陣子連和也都在她面前倒下，如果還要加上沒能救到我的話，獨自被留下來的黑瀨一定會落到絕望的深淵。

是否該救她呢？雖然徬徨了一下，但我很快停止思考。我已經不願再想任何事了。

第二天一早，我頭上的數字終於變成『1』了。不可思議的是，我感受不到焦慮或恐懼。雖然直到最近，我的內心還隨著數字一天又一天減少而瀕臨崩潰，但在和也死亡以後，我卻可以保持平常心直視鏡中。

倒也不是看破一切，或者是做好覺悟，我才沒有那麼了不起。連我自己都沒辦法好好說明，為什麼可以這麼鎮定。

在確認手機後，我看到黑瀨傳送訊息過來。

『我有東西要交給你，今天到學校來。』

傳送時間還不到上午五點，這麼一大早她在做什麼啊。黑瀨應該也跟我一樣睡不好吧。

「新太，你要去學校嗎？你的臉色不太好，沒事吧？」

當我在玄關穿鞋子的時候，媽媽從客廳探出頭來這麼說。畢竟我也在意黑瀨要交給我什麼東西，而且待在家裡也只是在鑽牛角尖，所以我想到學校去。

「是嗎，不用勉強也沒關係哦。便當怎麼辦？因為想說你不去學校就沒幫你做。」

「嗯，我要去。」

「我會買點東西吃，沒問題。我出門了。」

「……路上小心。」

走出家門的我，騎上自行車前往鐵路車站。天空晴朗無雲，彷彿昨天的雪是下假的一樣。空氣雖然寒冷，卻很舒服。我輕快的騎著自行車疾駛。

我在鐵路車站的停車場將自行車停妥，嘆了口氣。儘管我總是在這裡跟和也會合，可是怎麼等都看不見他的身影。我自嘲的笑著，說了聲「他怎麼可能會來啊」，便走進車站大樓。

很久沒來的學校總覺得很刺眼，我心想這裡已經不是自己的容身之處。洋溢生命力的學生們，正散發閃耀的光輝。我簡直就是他們的對照組，不由得感到羨慕。

然而，沒有和也的教室安靜得讓我訝異，原來不過少一個人就可以讓班上變成這樣。可是就算少了我，也一定不會有什麼變化吧。

因為今天黑瀨有事找我，於是我離開教室往她的班上走去。我實在沒辦法等到放學，畢竟也懶得聽課，所以想拿了東西就回去。

「啊！」

我在走廊正巧遇上剛到學校的黑瀨。一看到她頭上的數字『1』，我便將視線向下移動。

我果然沒有看錯，她的頭上也搖晃著跟我相同的數字。

「今天早上妳說要交給我的東西是什麼？」

「呃，放學後再給不行嗎？在這裡有點不方便。」

「那我們現在去社團教室吧，我拿了東西就回去。」

「咦？」

我率先走到社團教室，黑瀨則以困惑的表情在後面跟著走。恐怕黑瀨還沒有察覺到自己可能明天就會死吧？她跟我不一樣，無法親眼確認自己的死亡前兆。從她一如往常的模樣看來，這點是可以判定的。

才走進社團教室鐘聲就響起來，黑瀨不滿的碎碎念道：「我這樣，算遲到了啦」。

「那種事情不重要，快點拿給我。」

雖然不知道她要交給我什麼東西，但我想早點收了就回家。畢竟對我而言已經只剩下今天跟明天而已了。

「其實……」

黑瀨邊說邊坐在位子上，在書包中尋找，然後她取出一份我曾見過的信封。

「……這是？」

「和也拜託我，他說，要把這個交給新太。」

我在驚訝的同時還是收下了其實沒那麼厚的信封，並從裡面拿出十張左右的紙。我發現紙面上的文字印刷工整，是小說的原稿。

「這個，聽說是和也寫的小說的……另一篇結尾。我是在和也身亡的那一天上午，收到的。」

「另一篇結尾……」

我低聲自言自語，將視線落在手上。那是我拜託和也寫的短篇小說、跟主角救到好友並避免自己死亡的美好結局不一樣的結尾。完全不知道和也會遺留這種東西。

我在位子上坐下，立刻將目光落在原稿上面。

「咦，你現在要看嗎？」

黑瀨睜大了雙眼問道。

「嗯，要看。怎麼了？」

「呃，沒什麼。已經開始上課了，我就回教室囉。」

她說完這句話便慌忙離開社團教室，我則又一次開始閱讀和也的小說。

我在寂靜的社團教室裡，一張又一張的，翻頁閱讀。因為現在是上課時間，所以聽不到輕音樂社的刺耳演奏，故事也拜此所賜得以流暢進入腦海中。

看起來這似乎是主角沒能救到好友的另一段故事。

沒能救到好友的主角陷入絕望，幾天過後，他打算遵從自己的命運去死。然而就在這時，另外一位好友登場了，是一位名叫白瀨的少女。

這名字讓我不由得苦笑起來。

她掌握了主角所身處的狀況，並告訴主角希望他活下去。她說：「我喜歡你，希望你跟我一起活下去」。她又說：「不要把我生存的理由從我身上奪走，我們一起避免死亡吧」。

其實主角從以前就很喜歡白瀨了。深受心愛的人之話語感動的主角，決心要避免死亡。為了改變命運，他在死亡當天刻意採取自己平常應該不會做的行動，那就是在下雪時主動前往寒冬的海邊。主角本來就很討厭海，更何況是在寒冬的時候；儘管如此他還是去了海邊。雖然不知道這樣做有沒有奏效，但從結果來看，主角是藉由採取完全相反的行動免於一死。

然後兩人就此互訴衷情並進入美好結局。這篇悲喜交加的故事，我只花了十分鐘就讀完了。

我的第一個想法是：這是什麼東西啊？故事的發展太突然，內容取巧媚俗，敘事也相當雜亂，重點是有很多錯字。

因為我從以前就讀過好幾篇和也寫的小說，所以我非常明白，這不是和也寫的東西。可能這是，不對，這絕對是黑瀨假造的作品。雖然模仿了和也的文體，但文筆相當粗糙。我回想起她剛才的反應，對自己的判斷更加篤定。

恐怕這是她第一次寫小說吧？黑瀨覺得我在她面前讀很丟臉，所以才離開位子走掉。

察覺到這件事的我，在寂靜的社團教室裡噗哧一聲獨自笑了出來。她應該領悟到直接說服我不太可能，所以才會像這樣去寫一篇小說，賭我會認為它是和也的最後訊息而改變心意。

說到底，白瀨這個角色怎麼想都是在影射黑瀨，為什麼要用這麼淺顯易懂的名字啊？我忍不住對她一如既往的天真失笑出聲。

她是什麼時候想到要這麼做的？儘管可能是在和也死後才開始寫的，不過她為了救我想東想西，應該是覺得只能出這一招了吧。或許她今天會一大早就聯絡我，也是因為寫作到一整晚都沒有睡的關係。

我又一次從頭開始閱讀。雖然從開頭就有不對勁的感覺，可是一旦明白是黑瀨寫的就豁然開朗。總而言之主角周圍的人都很溫柔，即使應該不知道他會死，卻都以間接的方式訴說生命的美好。簡單說，這是一篇有話要對讀者傾訴的故事。不過坦白講，這種東西已經談不上是小說了。

『謝謝你願意走在我這個大家討厭的人身邊。』

這是女主角白瀨的話語。

『謝謝你願意配合我的任性，陪我在公園裡直到早上。』

我回想到店長身亡的那一天。

『雖然我獨自一個人會不安，但你從遠方過來看我了。』

這應該是指沙耶香身亡的那一天吧。當我一句一句的關注並閱讀白瀨的話語時，自己跟黑瀨一同奔走的日子也在腦中甦醒。白瀨的話語其實就是黑瀨的話語。

『我喜歡你，希望你跟我一起活下去。』

『不要把我生存的理由從我身上奪走。』

『沒有你在的世界，我也不想活了。』

『今後不管看見你的死亡多少次，我都會守護你的。』

我反覆看了結尾好幾遍，內心漸感溫暖。這些話也是黑瀨的真實心聲嗎？或者只是單純的表現手法呢？我想知道是哪一種。我又不斷重複閱讀，想知道當中是否隱藏其他的訊息。

她以為用這招真的可以騙得到我嗎？

可是，雖然連我自己都不知道原因是什麼，眼淚卻不受控制的流個不停。我看完小說並不感動，內心更沒有受到衝擊；儘管如此，我卻不知為何哭起來了。

期待我活下去的她所寫的小說，既溫馨、又優美。

淚水不斷沿著我的臉頰滑落。

為什麼黑瀨不願意讓我死呢？

為什麼黑瀨要對我說「活下去」呢？

從初次見面以來，我就一直搞不太懂她在想什麼。然而如今的我只明白一件事。

我怎麼樣都無所謂。不過我希望黑瀨活下去。

如今的我，發自內心這麼祈求。

在看了好幾遍黑瀨寫的小說以後，一股無比憐愛的感情在我心中萌芽了。

她的死，起因想必就在於我的死。如果是這樣的話，只要我不死，她不就也不會死了嗎？

是要避免自己的死，還是要遵從命運呢？最後我就這麼回到家中，並重新認真對自己的死亡持續思考。

晚上八點多，我思索到最後下定決心，伸手拿起手機準備打電話給黑瀨的時候，螢幕上出現了她的來電畫面。我立刻按下通話按鈕，把手機靠在耳邊。

「喂。」

「啊、喂，是我。」

「嗯。」

「……和也的小說，你讀了嗎？」

黑瀨以戰戰兢兢的口氣如此詢問。恐怕她的心中大概是這樣的念頭：他讀過小說以後不知是怎麼想的，應該還沒有發覺是我寫的東西吧。

「嗯，我讀了。」

感覺黑瀨倒抽了口氣，緊張感都傳到我這裡來了。隔了一小段時間後，她才出聲問。

「怎、怎麼樣？」

「很好看，不過我搞不太懂那個叫白瀨的傢伙就是了。」

「是嗎？可是我覺得那個角色很可愛呀。」

雖然很想吐槽一句「這是可以由妳自己來說的嗎」，不過這時候還是先忍住。

「說穿了，那個白瀨很明顯就是黑瀨吧。不覺得太好猜了嗎？」

「這個……因為是和也寫的，所以我不知道。」

我知道黑瀨已經安心下來了。為了不讓語氣有些激動的她有所察覺，我輕輕笑了笑，說了句「這樣啊」。

「明天，你會怎麼做？」

黑瀨再度戰戰兢兢的對我發問。我沒再聽到電話的另一頭有任何一絲聲響，黑瀨似乎就是在默默傾聽著我接下來要講的語。我深呼吸一口氣後，將自己思考幾小時所得到的答案告訴黑瀨。

「明天，我會待在家裡。」

「咦！」

「讀完和也的小說以後，該怎麼說，我超級感動的。應該說它讓我察覺到生命的重要性吧，總之在我內心留下深刻的印象，讓我有這樣的想法：我想再活下去。」

有一段時間沒有回應，透過電話我可以聽到黑瀨的呼吸在顫抖。我繼續說下去：

「如果試著用主角的心情去思考的話，果然還是沒辦法死。自己喜歡的人都哭著要他活下去了，沒辦法去死。」

啜泣聲傳到了耳邊。拜託妳別哭，聽我的心意啊。

藉由黑瀨寫的小說，我選擇了活下去的道路。

這樣一來，黑瀨那顆因未曾救出人命而悲嘆的心，也會多少獲得救贖吧？我這個笨拙的人，覺得如此做，應該就可以回應黑瀨的心意。

只要我不死，黑瀨也不用死。

讓我做出決定的最重要理由，就是這一點。

「你真的願意避免死亡了嗎？」

為了不讓我察覺到哭泣而極力控制聲調的黑瀨，真的很可愛。我要避免自己的死，來救黑瀨的命。我認為即使是我也跟和也一樣，有能力去拯救自己珍惜之人的生命。

「嗯，我會試著努力活著。所以黑瀨，妳明天也可以跟平常一樣去上學。」

「……我明白了。」

掛掉電話以後，我躺在床上深深嘆了口氣。

我活得久一點，爸爸跟明梨會容許嗎？不對，如果是他們的話，一定會支持我的決定才對。如果我選擇的不是生而是死，想必爸爸跟明梨都會責怪我。我是這麼相信的。

我閉上雙眼，一個個或許救得到的生命陸續在前方浮現。爸爸跟明梨、木村店長跟沙耶香、再來是和也。

最後浮現的人，是黑瀨。

她說，希望我活下去。不僅如此，她還拚命努力寫小說，對我表達心意。

這份心聲，傳達給我了。

是給我這個以往從未想過要為了誰而活的人。畢竟直到今天，我都只為自己活。

明天，我會避免自己的死。雖然不知道順不順利，但我想盡力而為。

時間已經到了凌晨零時。我看著鏡子，頭上數字已經變成『0』。從現在開始，不管發生什麼事情都不奇怪。為了保護身體不受死亡迫近的威脅，我一心一意的把自己包在被單裡等待早晨到來。

在極力搏鬥之後我被睡魔擊敗，等到我有所察覺時，白天的陽光已經從窗簾縫隙中穿透進來。

我醒來的時間是上午七點多，先是為自己還活著感到安心，之後並沒有馬上起床，而是再小睡差不多一個鐘頭以後才從床上起來。身體狀況不壞，我下了樓梯走向洗手間。雖然寒冷但我仍然用冷水洗臉，為還很迷糊的頭腦注入活力。

我抬起頭來，看到映照在鏡子上的人，是一個頭上浮現『0』的憔悴男子。在那張蒼白的臉上，簡直感受不到生命的氣息。我一直凝視著那個宛如蠟燭火焰般搖晃的黑色數字。我在今天，無論如何都一定要讓這個數字消失。

為了提振精神，我再度潑水洗臉，並用毛巾將臉擦乾。

當我回到房間並坐在床上時，手機響了。我對螢幕進行確認，看到『黑瀨』顯示在上面。她這通聯絡應該是為了確認我的存活，想知道我是不是在睡夢中嚥下最後一口氣吧。

「喂。」

「啊，新太嗎？太好了你沒事。是我。」

「嗯，我知道。有什麼事嗎？」

「我想了很多，可是待在家裡真的能夠避免死亡嗎，有點擔心。」

她應該是在上學途中吧，透過電話可以聽得見風聲。

「呃，也就是說，妳的意思是？」

「在和也的小說中，主角是透過行動避免死亡的。雖然我是覺得待在家裡比較安全，可是哪一個方法會比較好呢？我一直在煩惱。」

所謂和也的小說，指的應該就是黑瀨假造的那一篇小說吧。主角為了避免死亡，並沒有把自己關在家裡，而是刻意外出。老實說我在讀過那個段落之後也一直放心不下，覺得光是待在家裡真的就能夠避免死亡嗎，這麼簡單的做法究竟可不可以順利進行呢。

我們依據這點，重新開了一場作戰會議。在兩人彼此提出意見並歸結出答案後，我換上衣服從家裡飛奔而出。

今天我不會搭電車或公車，當然也不騎自行車。黑瀨提醒我，使用這些交通工具也算是平常在做的事，所以可能會有危險。我決定不論如何，就是重複選擇預期以外的做法。

我在寒冷的天空下，一個勁的步行。

從離開家門的那一瞬間開始，周圍一帶的風景看起來就跟平常不同了。所有錯身而過的人、自行車跟車輛，都有可能對我施加危害，我在意到無法自已。如今的我不管什麼時候死都不奇怪。因此我不斷注意周圍情況，並以如履薄冰的心態橫越斑馬線。

可能是多心了吧，我甚至感覺自己正在被人監視著。

在步行途中我休息了好幾次，抵達目的地時已經是離家五小時以後了。可能也是因為非假日的關係，我所探訪的墓地並沒有多少祭拜的人。

直到現在才發現自己連鮮花跟香都沒去買，然而我覺得算了也沒差，著手尋找外公的墓石。我大概還記得大致上的位置，再來就只需要在這四周徹底搜索。

我會來這裡，是因為在自己跟黑瀨討論的過程中出現了這樣的提案：請我一定要去墓前祭拜。在她的小說中，也有一段女主角白瀨在祖先墓前祈求主角得救的場景。

或許是她想太多了。不過，我們還是達成以下結論：為了能像那篇小說一樣改變命運，可能有必要採取平常的自己絕對不會去做的行動。

她是這麼說的：假使是病死的話，待在家裡就很危險，可能在長時間無人察覺的情況下失去生命。如果倒在外面的話馬上叫來救護車的機率會提高，所以在病死的情況下外出步行比較有機會得救。雖然也是有去學校或者是在家睡覺的選項，但這兩項都是落在平常行動的範圍中，所以她認為就這麼待在家裡很危險。

對於黑瀨的提案，我認為她說的可能也沒錯，於是順勢規劃去外公墓前祭拜的方案。畢竟我已經有好幾年沒有去墓前祭拜，更從來沒有在中元節以外的日子到訪過墓地。我認為這就是自己絕對不會採取的行動之一。

當我順帶跟黑瀨提到，外公跟我擁有相同的力量時，黑瀨這麼鼓勵我：「絕對就是這個了！我認為你外公一定會守護你的！」

雖然黑瀨說她自己也要一起去，不過我拒絕了。因為跟我在一起說不定也會遭受危險。儘管如此她卻沒有聽進去，我勸說了差不多三十分鐘之後才終於讓她妥協。

我很快就發現外公的墓石，這也是多虧媽媽的本姓『川原田』是個容易尋找的姓氏。我先微微向前鞠躬，一併為自己空手而來的舉動表達歉疚之意後才向前走近。

我在墓石前雙手合十，閉上眼睛。

——外公，我誤會您了。對我來說外公就是英雄，請您助我一臂之力，讓我可以避免死亡。

我向從未見過面的外公祈禱。

冷掉的汗水讓身體顫抖起來，我把目光落在手錶上，時間已經到了下午二點半。雖然才剛來不久，但我覺得差不多可以回去了。考慮到雙腿的疲勞，回程可能花五個小時也走不完。就在轉身向後的時候，我的視線停留在墓碑上。目睹刻在那裡的數字之後，我的時間停止下來了。

雖然我也可以下一個「只是偶然」的結論，但是這麼平庸的語詞，無法處理眼前的狀況。

我伸手觸碰墓碑，用手指探觸著雕刻在上面的文字。

『川原田正彥　卒於平成元年十二月六日』

雕刻在上面的文字，讓我起了一身雞皮疙瘩。今天竟然是外公的忌日。

會有這麼偶然的狀況嗎？

在我頭上浮現的數字，會不會是外公的訊息？這會不會是外公為了要傳達些什麼，所以對我這個活到現在都沒把這份看得見的力量當回事的人施予試煉呢？

我越想越覺得這才是真相。或許我今天會到這裡來，說不定也是受到某條看不見的絲線牽引。

當我呆站在墓碑前方好一段時間以後，有人從背後出聲叫喚：「請問……」。

「您是川原田先生的，家屬嗎？」

我轉身望去，一名身穿灰色大衣、手上拿著花的壯年男子一直看著我。

「呃，我是他的孫子。」

「您是他的孫子啊。我是川原田先生在世時曾受過他照顧的金崎，可以讓我祭拜嗎？」

「啊，好，請便。」

我踩著鵝卵石將空間讓出來。他將祭祀鮮花插在左右兩邊的花瓶中，打火點香進行祭拜。我默默看著對方的一連串動作。

「請問……您跟我外公，是什麼樣的關係呢？」

我對剛完成合掌動作的他如此問道。這位自稱金崎的男子慢慢轉身，以嚴肅的表情說：

「其實在我還是小學生的時候，川原田先生救了我一命。當時我在附近的河邊玩，結果腳滑，就在快要溺水的時候他救了我。」

他再度望向外公的墓石，並持續述說：

「雖然我平安無事，但川原田先生卻被河水沖走了。當時年幼的我感到害怕，忍不住從現場逃走……對此我打從心底感到後悔。如果我馬上求救的話，或許川原田先生就不會身亡了。真心感到非常抱歉。」

他說完這句話，便面向著我深深一鞠躬。

突然告知的真相，讓我的內心深受衝擊。他現在說的，應該就是外公身亡當天所發生的事吧？沒多久，他以悲痛的表情這麼說道：

「川原田先生會身亡，都是因為我的關係。雖然新聞只報導他是意外事故死亡，但其實並不是那樣。」

外婆堅信的沒錯。

外公並不是不小心跌進河裡。外公一定是確認了少年頭上的數字『0』，才會追向對方；

然後他救了掉在河中的少年，並力竭而死。跳進極寒的河中，想必需要極大的勇氣，我覺得外公最終真像個英雄。

我沒有說話，靜靜傾聽金崎的話語。

「直到幾年前，我才找到川原田先生的墳墓。因為我只知道姓名跟忌日，所以只能靠這點資訊尋找。我很早就決定，如果能夠見到家屬就會毫不隱瞞說出一切，並表達歉意。」

金崎再度以沙啞的聲音對我說「真心感到非常抱歉」並又一次低頭鞠躬。因為由我來接受道歉也很困擾，於是我反射性出聲回應「請您不要在意」。

「我一直認為只要在中元節與忌日到這裡來，總有一天可以見到家屬，沒想到能夠見到他的孫子。能夠將真相說出來實在太好了。」

金崎抬起頭來，以悲傷欲泣的表情這麼說。

也許他一直無法對任何人說這些事，獨自一人痛苦到今天；我多少可以理解他的心情。對於至今我已經見死不救的那些人的家人跟朋友，我所受的良心苛責也不少。雖然他們不是因我而死，但即使這樣我的視而不見依然是事實，這份罪惡感在苛責我。

所以我不可能責備金崎。

我們到設置在附近的長椅上坐了下來，進行交談。

「我對川原田先生只有感謝。因為如果我在那時候就死了，女兒也就不會誕生了。」

金崎說完這句話，便讓我看他的手機螢幕，上面應該是生日時拍的相片吧。一名年幼的小女孩，在一個插上三根蠟燭的蛋糕前面以一副天真無邪的表情笑著。是個很可愛的小女生。

我的內心漸感溫暖。外公救了金崎，讓原本應該不會出生的生命誕生在這個世界上。我認為這是無與倫比的奇蹟。

在交談三十分鐘後，金崎對我點頭致意，說了聲「我明年還會再來這裡」便離去。我在目送他離去後，又一次走到外公墓前，滿懷尊敬的心念深深鞠躬。

如果可以活著回去，下回我要跟媽媽和外婆一起過來這裡。如此心想的我，再度一個勁的長距離步行。

不知道這一去一回走了多少步，兩條小腿十分緊繃，鞋子咬腳也很痛。就在體力消耗逼近極限的時候，我終於回到熟悉的街道。

時間是晚上八點，沒想到這趟旅程會如此漫長。我在心中喃喃自語：「再過四小時、再過四小時」，同時一步一步向前行進。

我拖著雙腳慢慢行走，終於看到了自己的家。

就在這個時候，我聽到背後傳來腳步聲。我在黑暗裡集中眼力轉身向後，迅速擺出架勢。原本還擔心會不會是要對我下手的隨機殺人魔，不過現身的人是黑瀨。

「我……走不動了。」

黑瀨以越來越微弱的音量低聲說完，就一屁股坐在當場。

我走到她身邊，問道：「咦？妳該不會，在跟蹤我？」黑瀨只回了一個「嗯」字，便隔著黑色大衣摩擦她的雙腿；驚愕的我只好露出苦笑。雖然真要說的話是很有黑瀨的風格，但我沒想到她也會跟我一起步行。原來我不時感受到的視線，都是她的啊。

這時候我發現，在路燈照耀下，黑瀨頭上沒有任何晃動的東西。她的死，已經避免了。

啊啊，太好了。既然黑瀨頭上的數字已經消失，我就已經沒有任何遺憾了。如果我死前可以救到她，說不定這樣也很好。

「都已經跟妳說那麼多，叫妳別跟過來了。」

「我辦不到呀。明知新太可能會死，還叫我坐視不管。」

黑瀨說完這句話之後將頭抬了起來。她的臉頰跟鼻頭都紅通通的，僅以眼珠向上望著我的那雙眼睛水亮清澈，讓我覺得她像個年幼的少女。

「……咦，消失了。」

黑瀨睜大眼睛看著我的背後。她不斷反覆說著「太好了、太好了」，當場摀嘴失聲大哭。

聽到她這番話，我衝進自己家並前往洗手間，把電燈打開以確認自己的頭上在鏡中所呈現的模樣。

「真的，消失了……」

我低聲自語，深嘆口氣，在緊盯鏡子十幾秒之後回到黑瀨身邊，她還跌坐在地面上啜泣著。

「避免成功了……得救了……」

我以講述他人事務的口氣這麼說著。黑瀨一邊哭一邊不斷點頭，並發出「嗯嗯」聲音。

我的眼角一點一點的溫熱起來。我，改變了自己的命運。雖然除了數字消失以外沒有什麼實際的感受，但我的壽命確實是延長了。

不過，比起成功避免自己的死，黑瀨頭上的數字消失才是最讓我高興的事。黑瀨發起的行動讓我得以久活，我發起的行動則讓黑瀨也不必死去──。

當我有所察覺時，連我的臉上也有溫熱的物體流淌而下。

關於黑瀨的死已經避免的事，我就隱瞞不說了。沒有特別說出來的必要。畢竟得救的人反倒是我才對。

「太好了，得救了，真的是太好了。」

我以包容一切的姿態，將顫聲哭喊的黑瀨輕擁入懷。

第二天早上，我一醒來就從床上起身，將視線移向月曆。由於十二月六日以後的每一天都畫上了大叉叉，因此我將月曆硬扯下來往垃圾桶扔。我打了一個大大的呵欠，同時心想該提早去買明年的月曆了。

原本不應該到來的十二月七日早上，跟往常一樣寧靜。

上次睡到這麼香甜，已經不知道是什麼時候的事了。我的頭腦非常清爽。從我頭上浮現數字以來大約有三個月的時間，沒有一天是可以好好睡覺的日子。

我拉開了幾天沒開的窗簾，讓陽光進駐室內。天空晴朗無雲，以我的新人生的第一天來說實在完美。

我在洗手間洗過臉後，一面用毛巾擦臉一面看鏡子。雖然鏡中照出來的還是那個跟平常一樣的不起眼男子，但總感覺臉上恢復了不少生氣，整張臉血色暢通。不過也有可能是因為昨天走了一整天，所以血液循環變好了。

決定性的不同，是在我的頭上。那個簡直跟金魚大便一樣緊緊黏著我九十九天的詛咒數字，果然消失了。這讓我感到無比高興，不禁在鏡子面前露出不正經的笑臉。

「早安，今天開始我會再去學校了。」

走出洗手間後，我向正在準備早餐的媽媽如此表達。媽媽儘管有一瞬間露出了驚愕的表情，但隨即展露欣喜的笑容。

「是嗎？我馬上幫你把便當準備好。新太，你的臉色是不是比較好了？」

「是嗎？話說回來，昨天我去外公墓前祭拜了。」

「咦，你去掃墓？為什麼突然過去呢？」

「嗯，我想說偶爾也該去一下。下回我們一起去吧，可以的話也約外婆過去。」

我對面露驚訝表情的媽媽露出微笑，在餐桌旁坐下。

外公身亡當下的狀況，我必須要對媽媽跟外婆好好說明。

只要說明清楚，媽媽就可能會對外公改觀，外婆也應該會因為得以知道真相而喜悅。最重要的是，能夠講述她們兩人所不知道的外公的另一面，讓我很開心。現在我已經開始期待自己在告知真相後，觀看她們兩人驚訝表情的樣子了。

我在解決掉早餐以後就換上制服，離開家門。雖然雙腳肌肉痛到連踩踏板都成了一樁苦差事，可這動作讓我對活著有實際的感受。

或許我在誇大其辭，不過在今天這個日子裡本來我應該是看不到的每一幕景色，都能令我感動不已。像是那隻烏鴉、那幾棵落葉的樹木、還有這道寒冷的風，只要一死就都沒辦法用肉眼跟皮膚去感受了。我第一次發自內心覺得，活著真好。

正當我開始感性的騎著自行車疾行時，看見那個拿著四個書包的少年走在前方。他的肚子跟背後各掛著一個書包，左手與右手又各掛了一個書包，以無力且不穩的腳步走著，頭上的數字是『11』。

我打算騎自行車從少年旁邊超越過去。可是等到我有所察覺時，自己已將剎車緊緊握住。我轉頭後望，那個將棒球帽戴到遮住眼睛的少年由於低著頭走路的關係，似乎沒有察覺到我這邊。

「書包，好像很重？」

我出聲說話，吃驚的少年抬起頭來，淚眼汪汪的看著我。

「這些，先借我一下。」

我下了自行車，伸手拿了少年左右手上跟他抱在肚子前面的書包。三個書包一起提實在沉重，他用那小小的身體搬運這些真的很辛苦。

我把兩個書包放在自行車的置物籃裡，還有一個書包則揹在左肩上，然後拍了拍後貨架對少年說「可以坐後面喔」。少年瞪大眼睛張開口，抬起頭來一臉茫然的望著我。

「好啦，要遲到了，我送你到國小那邊。」

少年用力點頭，以緩慢的動作坐上後貨架。我用肌肉痠痛的雙腿運送三個書包，後貨架還載著小學生；雖然內心覺得真是「雪上加霜」，但還是讓自行車慢速行駛。那三個沒背書包的人就在路上，在超越他們的那一瞬間，我還刻意讓自行車響起鈴聲。

我在校門口讓少年下車，並將三個書包交到他手上。

「如果你不願意拿書包，卻又不說不願意，就會一直這樣喔。」

少年低著頭緊咬嘴唇。我騎上自行車，出聲說：「明天我還會來載你，別死啊」。

少年驚訝的抬起頭來。雖然他動了動嘴唇似乎要說些什麼，不過因為電車時間快到了，於是我揮了揮手並踩下踏板。

「……謝謝。」

微細的聲音傳到我耳中。我握住剎車回頭望去，少年微微露出笑容。

雖然不知道能不能跟外公一樣順利搞定，不過為了讓他的數字消失，我想試著盡力而為。

我祈求數字在明天就會消失，並加速前往鐵路車站。

這一天的上課時間我沒有讀閒書，而是翻開了大約三個月沒動過的教科書跟筆記本。為了趕上落後的學習進度，我在全白的筆記本上密密麻麻的寫滿了文字，也盡可能把上課內容記在腦中。

一下子就到了放學時間。鈴聲剛響，我就馬上把教科書跟筆記本塞進書包裡。

我一離開教室就走向文藝社的社團教室，也就是南館三樓。

社團教室沒有人影，寂靜無聲。由於期末考試將近的關係，因此連輕音樂社的雜亂演奏跟超自然研究社的怪聲都聽不見了。我坐在自己的位子上，環顧社團教室內部。

自從黑瀨入社以後，原本沾滿塵埃的書架得以保持整潔。那個會把吃剩的果汁跟糕餅點心隨手扔在社團教室的和也已經不在，對於愛掃除的黑瀨而言或許會很失落。新買的書架上頭依然空無一物，就只有這個地方還有點礙眼。

門「咔嚓」一聲打開了。我轉頭回望，黑瀨只瞥了我一眼就尷尬的坐在位子上。黑瀨之所以會尷尬，要怪我昨天晚上感動至極結果不小心將她緊緊抱住。光是回想這件事就讓我的臉整個發熱，結果連我都尷尬到不敢正眼看她。

「社員變成兩個人了呀。」

黑瀨從書包中拿出一本用封套包好的書，以眼帶淚光的神情如此說。

「好不容易湊齊了三個人，這樣一來說不定會廢社。」

「這件事情沒問題，因為我剛才已經跟指導老師說了。」

「妳說了什麼？」

「在我們畢業以前，和也都是文藝社的一員。」

黑瀨輕柔的微笑起來。她又繼續說了下去：

「因為老師也說『這是當然』，所以不會廢社了。」

「……是嗎，這樣就好。」

「嗯。」

安心下來的我從書包裡拿出文庫版書本，黑瀨則將視線落在她手邊的書上面。今天她應該還是在看自我啟發類的書籍吧，書上貼了許多標籤。

「對了，我有件事也想問黑瀨。」

「什麼事？」

黑瀨將書闔上，轉頭看向我這邊。雖然最近這陣子我們兩人在一起的場合變多了，但我還沒有對她問過這個問題。

「我說黑瀨，妳是為了什麼而活呢？」

生存的意義、生存的理由。喜歡讀這類書籍的她，或許早已推導出最適合自己的答案。在這三個月的時間裡，我不斷探求解答；我認為跟我具有相同力量的她，或許已經掌握些什麼也說不定。

「這個問題，你也問過和也了吧？」

黑瀨嘻嘻笑了起來，如此說。我回了一句「問過」。

「和也一直很擔心你。他說新太好像在煩惱些什麼，要我多關心你。這是和也在他亡故那一天跟我說的。」

「……這樣啊。」

黑瀨說了一個「我」字後，就打住了。可能在整理思緒吧，進入默想狀態的她視線不停游移，我則一直注視著這樣的她。

「我，不知道。」

「咦？」

儘管她用了大量時間卻還是回了這樣一句話，讓我忍不住出聲回應。她以真摯的眼神看著我，說：

「雖然我不知道，但把『我為什麼活著』這問題好好放在心上並活下去，應該很重要。不過我不知道真正答案就是了。」

這應該也是正確答案吧。每一個人的答案一定都不一樣，有多少人就有多少答案。或者應該說，尋求答案本身可能就是錯的。

「新太你為什麼活著呢？」

被她這麼唐突一問，我閉口沒有說話。一直都是我問人家，我卻沒有說過自己的想法。黑瀨以直率的眼神凝視著我，靜靜等待我的回答。

「我也，不知道。因為不知道，我想在今後活下去的過程中慢慢尋找答案。」

現在，我只能這樣回答。就像畫畫、或者像寫小說一樣，我想運用已經延長的剩餘人生，以自己的步調一點一滴尋找答案。

只有一件事情可以確定，就是如果不活下去，我想要得到的答案就無法揭曉。所以我想在今後繼續活下去。即使我又看得見壽命，在找到「活著到底是什麼」的答案以前，也會努力避免死亡。要死，是那之後的事。

之後我們兩人都默然無語，各自閱讀自己帶過來的書本。沒有和也的社團教室果然安靜，瀰漫著寂寥感。原本希望我們三個人可以一起混到畢業，並且以和也為中心，再多辦一些有文藝社風格的活動。如果辦成的話，會是多麼有趣的事啊。

正當我一面凝視和也的位子一面想這些事情的時候，宣告社團活動結束的鐘聲響了起來。冬季的鐘聲響得比平常早。雖然想再多讀一會兒，不過我們還是闔上書本，從位子上離開。

「回去吧」，黑瀨這麼說。

「嗯」，我這麼回答。

我們就這麼自然的在走廊上並肩行走，離開校門後，黑瀨在我身旁推著自行車。太陽剛落下的藍色天空有一種夢幻的感覺，我一面仰頭呆望天空一面行走。

「新太，你看起來好像重生了呢。」

我將視線移到黑瀨身上，反問一句「是嗎？」

「也許我像是在說廢話，不過昨天以前你就是一副死人臉，整個人也感覺不到生氣；可是今天你就跟青空一樣的爽朗，該說這才是平常的新太對吧？」

「這個嘛，或許是這樣。我在看得見自己的壽命以後就把人生捨棄了，可能比平常還要陰沉好幾倍。不過改變我的最重要因素，與其說是成功避免死亡，我更覺得是妳的存在。」

「咦，我？我覺得自己什麼都沒有做呀，是這樣嗎？」

「是這樣。」

我對將頭歪向一邊的黑瀨露出微笑。她先是以不可思議的表情盯著我看，接著輕聲一笑，說：「雖然我不太懂，不過有幫到你的忙就好」。

「啊！」

就在這個時候，一輛由前方疾行而來的自行車差點要撞到黑瀨。她雖然失去平衡，但我在第一時間抓住她的手，讓她避免摔倒。雖然黑瀨的自行車被甩到道路上，不過幸好是在車子通過後才落地所以沒有大礙。

「妳沒事吧？」

衝撞過來的是一名應該在念國中的男生，他說了句「對不起」就直接騎自行車離去。

「我完全沒事。不過如果新太不在的話，我說不定就已經死了。」

黑瀨一臉正經的說著不吉利的事。我回了一句「不要說傻話啦」，悄悄將她的手放開。

黑瀨的書包從自行車的置物籃掉下來，有幾本書從書包裡甩出來散落在道路上，應該是她忘記把書包的拉鍊拉好吧。我把那幾本書撿了起來。

《拉近自己跟喜歡的人距離的方法》

《所謂愛、所謂戀》

《看完這本書，妳也可以成為戀愛大師！》

因為書散落在步道上的關係，封套歪了，書名也跑出來了。

「啊，你不要看！」

黑瀨連忙從我的手上把書搶走。她面紅耳赤的將書包收拾好，隨即拉起自行車，氣勢洶洶的先行前進。

她雖然直到幾個月以前還在閱讀有關生死觀念的書，不過現在似乎已經沉溺在高中女生的煩惱中。我回想起那篇小說，不禁露出不正經的笑臉。

我笑著凝視黑瀨逐漸遠離的背影。

回家以後，我一打開玄關大門就聽見狗叫聲。媽媽正在客廳組裝狗籠，她的身旁則坐著一隻乖巧的小型臘腸犬。狗的飼料或便盆之類的狗狗用品，在一旁堆積如山。

「哦，已經拿回來了啊。」

我在媽媽背後出聲說道。媽媽轉過頭來，這麼說：「嗯，我去了一趟，謝謝你。我買了很多狗玩具，你要陪牠玩呀」。我將擱在自己腳邊的一顆小球拿在手上，並將它滾到臘腸狗旁邊。雖然牠一開始還在害怕，不過在球停下來以後就用前腳試著把它抓住並用舌頭去舔，獨自玩耍起來。我趁機去撫摸牠的頭，結果手指被牠一口咬住。

能夠像這樣再見到原本應該會在我死後才會來我家的臘腸狗，真的很高興。我馬上為牠取了一個在希臘文中意義是「新」的名字：『NEO』。我認為這很適合作為我新人生的開幕象徵，而且牠原本是要來當我的代替品，所以我實際上是用「新太」的「新」來取名的。

到了夜晚，我在睡覺前開啟了推特。

自從發了『Sensenmann登場！』以來就沒再開啟推特，我這句跟白癡一樣的推文已經收到了許多回覆。包括『你誰啊』、『去死』、『請幫我看壽命』之類的句子在內，幾百則各式各樣的回覆已經書寫在我的推文底下。

我將那些回覆看完以後，發了最後一則推文。

『各位網友好久不見，Sensenmann已經不幹了。如果要問原因的話，就是因為自己什麼時候會死這種事，其實沒有必要去知道。不論是誰，人總有一天會死。或許明天死，或許今天死。

所以，請珍惜過好每一個日子。這樣一來，我認為各位就會跟以前的我一樣，對人生不再有迷惘。』

推文轉瞬間於網路上擴散開來。

『我也這麼認為。各位網友，請盡全力過好每一分每一秒哦。』

在許多回覆中，出現了Marron的回覆。Marron就是黑瀨舞的帳號名。我苦笑起來，悄悄關掉螢幕。

時鐘的針停在零時，晚上十二點已過，十二月八日開始了。

在睡覺前，我想讀小說。想讀那篇稱得上改變我人生的小說。

我將擺在桌上的兩個信封拿在手裡，先讀和也寫給我的小說。依然細膩的文筆，令我又一次感嘆和也的才能。雖然結尾感覺上有點硬要，但故事發想依舊十分有趣。如果他沒有罹患疾病的話，將來說不定真的能夠當上作家。我不禁為無法再讀到他的作品感到遺憾。

讀完和也的小說之後，我從另一個信封裡取出薄薄的原稿，一張又一張的，慢慢地逐字閱讀。

——我喜歡你，希望你跟我一起活下去。

我用黑瀨的聲音，在腦海中播放這段話語。

明明已經讀了很多遍，眼淚還是沿著臉頰向下滴落。即使重新閱讀，白瀨——不對，黑瀨的話語依然一句一句觸動我內心。

讀完以後，我把重心落在椅背上，仰望天花板。

黑瀨的作品，比我到目前為止讀的所有小說都要純粹，衝擊我的心靈。

「她真的，是個讓人搞不懂的傢伙啊。」

眼淚在我喃喃自語的同時，也從眼角滴落而下。

她還真以為可以用這種文風騙過我呢。想到這裡，我還是笑了。不過，就是這樣的黑瀨，讓現在的我憐愛到心疼。

我關掉電燈鑽進被窩打算去睡，但還是想要再閱讀一遍，於是我只把檯燈打開並坐到椅子上。

今天，我想在黑瀨編織的故事中多沉浸一點。

如此心想的我，又一次以初次閱讀的心情，將目光落於紙面。

後記

我從以前就跟本作的主角望月新太一樣，不斷尋找人生存的意義是什麼。

我在小時候就有好幾次差點死掉的經驗，例如在海邊溺水以及從行駛中的車內往外摔出去。即使長大成人，我也好幾次遭遇只差一點點時間就會死掉的場面。說到底，我出生在這個世界上的時候就已經處在昏迷狀態，父母親告訴我當時就算我這麼死了也不奇怪。

我認為就是因為經歷這樣的人生，所以自己對於死亡的思考程度也比常人要多一倍。為什麼那個時候我沒死呢，如今我能不死是有什麼樣的意義呢。比起掛念自己的身體，我更經常思考這一類的事情。

「我是為了寫小說而活的」。雖然就算用酷刑逼供，我也說不出這麼噁心的台詞；不過我最近認為這可能也是一個生存意義。

我心懷感謝的是，出道作銷量突破十二萬冊，更獲得讀者的這些話語：

『非常感謝您將這本小說寫成。』

『為疾病所苦的我，在讀過這本小說後得到了救贖。』

讓我這個原本一直覺得什麼時候死都無所謂的人，第一次得以認為那個時候沒死真是太好了，活著真好。

對於給我一個生存意義的各位讀者，我只有感謝。

雖然本作是我的第二本書籍著作，不過其實是將我人生第一次寫的小說全面改寫後的作品。我在前作的後記中曾經寫到，自己在遭遇震災時於車內啃著吐司麵包書寫出來的小說，正是本作。

雖然先讀這本書也不會有任何問題，不過如果能從前作開始讀起，我認為會有更深一層的樂趣。

感謝的話

可靠的責任編輯末吉先生、鈴木先生，本次也繪製美妙插圖的飴村老師，以及參與這部作品的所有人員，能借重各位的力量，我真的非常感謝。

在我最喜歡的漫畫「ＪｏＪｏ的奇妙冒險」中登場的迪奧（ＤＩＯ）曾說：『克服「恐懼」才是人的「生存」意義』。雖然不知道能不能克服迫在眉睫的截稿恐懼，不過今後我也會努力像本作中登場的和也一樣，繼續書寫救贖人心的故事。

只要還有一位期待我的下一本作品的讀者，我在今後也就可以活下去。

森田碧

本書為虛構故事，與實際存在的人物、團體無關。

國家圖書館出版品預行編目(CIP)資料

餘命 99 天的我，遇到了看得見死亡的妳 / 森田碧著；K.K. 譯. -- 初版. -- 臺北市：臺灣東販股份有限公司，2024.06
260 面；14.7 x 21 公分
ISBN 978-626-379-419-1(平裝)

861.57　　113006250

餘命99天的我，遇到了看得見死亡的妳

2024年6月1日　初版第一刷發行

作　　者：森田碧
繪　　者：飴村
譯　　者：K.K.
編　　輯：魏紫庭
發 行 人：若森稔雄
發 行 所：台灣東販股份有限公司
地　　址：105台北市松山區南京東路4段130號2F-1
電　　話：(02)2577-8878
傳　　真：(02)2577-8896
郵撥帳號：14050494
總 經 銷：聯合發行股份有限公司
地　　址：新北市新店區寶橋路235巷6弄6號2樓
電　　話：(02)2917-8022
法律顧問：北辰著作權事務所蕭雄淋律師
電　　話：(02)2367-7575

TOHAN